Siegfried Schröpf
Schöngeist

© axel dielmann – verlag
Kommanditgesellschaft in Frankfurt am Main, 2009
Überarbeitete Neu-Ausgabe
Alle Rechte vorbehalten.
Erstausgabe: dahlemer verlagsanstalt, Berlin

Satz: Urs van der Leyn, Basel
© Titel-Abbildung: Benedikt Ott
© Autorenfoto hinten: beim Autor
Text und Musik Neil Young:
© Silver Fiddle Musik für
„Cortez the Killer", „Like a Hurricane" und „Pocahontas"
© Broken Arrow Music Corp. für
„Cowgirl in the Sand"
Abdruck erfolgt mit freundlicher Genehmigung
von Melodie der Welt
J. Michel KG, Musikverlag, Frankfurt am Main
Printed in Germany

ISBN 978-3-86638-133-9

Siegfried Schröpf

Schöngeist

*„Heuschrecken" bedrohen ein Familien-Unternehmen,
Finanzmachenschaften gefährden Arbeitsplätze –
Anwalt Schöngeist überlebt einen Mordanschlag.*

Ein Wirtschaftskrimi

axel dielmann – verlag
Kommanditgesellschaft in Frankfurt am Main

20. Dezember

Das blaue Blinken ist durch den dicken Nebel kaum zu sehen, so dass Kienzle plötzlich scharf bremsen muss, kurz nach dem Waldstück auf der kleinen Straße von Blaukirchen nach Lupfingen. Wie in einem billigen Film war er aus tiefstem Schlaf, weit nach Mitternacht, durch das Klingeln seines Telefons geweckt worden. Die hektische und etwas hilflose Stimme von Fuchs wischt die letzten Traumfetzen weg: ein Unfall, wahrscheinlich ein Toter, sieht irgendwie komisch aus, alles.
Schemenhaft erkennt er im nebligen Dunkel eine Gruppe von Uniformierten. Ein Schatten löst sich und kommt auf ihn zu: der junge Fuchs. Er erstattet kurz Bericht.
„Ein alter Mercedes ist aus der Kurve geflogen und dann ausgebrannt. Der Fahrer sieht zwar auch so aus, ist aber wohlauf. Da drüben bei dem Krankenwagen steht er. Zuerst dachten wir, dass er mitverbrannt ist. Deswegen habe ich Sie auch angerufen. Tut mir leid, dass ich Sie geweckt habe. Der Fahrer konnte sich wohl aus dem Auto retten – wir haben ihn kurz nach meinem Anruf da hinten auf dem Flurstein sitzend gefunden."
Kienzle kann in der Dunkelheit nicht erkennen, wo Fuchs hindeutet. Er ärgert sich, dass er wegen eines banalen Verkehrsunfalls aus dem Schlaf gerissen wurde und hört gar nicht so recht zu, als Fuchs weiterredet:
„Und schauen Sie mal her", Fuchs leuchtet mit einem Halogenscheinwerfer auf die Straße, „man sieht keine Bremsspuren … wenn er … Der Notarzt will ihn wohl mitnehmen. Wenn Sie sich beeilen, können Sie vielleicht noch mit ihm sprechen, bevor Sie losfahren. Hier sind seine Papiere. Thomas Schöngeist aus Würzburg …"

Thomas Schöngeist aus Würzburg. Mensch, der Thomas. Das gibt's doch gar nicht, sein Kumpel vom Sportverein.

„Thomas! Thomas, kennst du mich noch? Uwe Kienzle vom TuS 07!" Ein Lächeln huscht über das ziemlich ramponierte Gesicht. Kratzer, Schürfwunden.

„Kannst du reden?" Kienzle ärgert sich über seine blöde Frage, noch bevor er sie ausgesprochen hat.

Thomas nickt grinsend: „Na klar, warum nicht?"

„Was ist passiert?"

„Ich will vor dieser Kurve kurz abbremsen, da trete ich leer durch und das Auto fährt geradeaus weiter. Ich setze über diesem Graben auf. Die Fahrertüre geht auf und ich werde aus dem Auto geschleudert. Ich war nicht angeschnallt, die Sicherheitsgurte waren wieder mal defekt. Mein Auto war Baujahr 61", fügt er halb entschuldigend hinzu. „Aber die Bremsen waren in Ordnung, ich hab sie erst letzte Woche inspizieren lassen."

Kienzle hebt unwillkürlich fragend die Augenbrauen.

„Ich weiß natürlich auch nicht genau, was eigentlich passiert ist." Thomas klingt fast entschuldigend.

„Hast du keine Vermutung?"

„Eine Vermutung, ja. Aber sehr vage – und beweisen kann ich gar nichts. Vielleicht war's aber wirklich nur ein blöder kleiner Unfall?!"

Der Notarzt hat es eilig und versucht schon seit ein paar Minuten mit sanfter Gewalt, Kienzle vom Krankenwagen wegzudrängen.

„Du musst schon konkreter werden!"

„Vielleicht sollte ich nicht in die Blaukirchener Klinik. Ist es möglich, Herr Doktor, dass ich nach der Erstversorgung in ein anderes Krankenhaus komme? Am besten nach Mainz in die Uniklinik, den Transport zahl ich selber. Rufen Sie

bitte Frau Dr. Gross an. In meinem Notizbüchlein, das Sie in der Hand haben, finden Sie die Nummer. Bitte geben Sie sie mir kurz. Sie kann sich dann um die Details kümmern. Und ist es möglich, dass davon niemand was erfährt?"
Kienzle spricht draußen, ein paar Meter entfernt vom Krankenwagen, mit dem Arzt. Thomas sieht ihn schemenhaft in der Dunkelheit gestikulieren, alle paar Sekunden blau aufblitzend. Dann schreit der Kommissar abwechselnd mit dem Arzt und seinem Handy. Nach ein paar Minuten kommen beide mit gleich ernst-wichtiger Miene wieder zu ihm zurück und der Arzt wendet sich, mehr gönnerhaft als besorgt, zu Thomas: „Herr Schöngeist, nur weil sich Herr Kienzle, den ich gut kenne, so für Sie stark macht und Frau Dr. Gross die Verantwortung übernimmt. Wir bringen Sie jetzt ins Blaukirchener Klinikum, weisen Sie dort formal korrekt ein und verladen Sie anschließend gleich weiter nach Mainz. Frau Dr. Gross würde sich dann gerne mit Ihnen unterhalten. Aber sie meinte, dass Sie unterwegs genug Zeit zum Telefonieren haben. Kienzle wird mit dem Auto nachkommen. Dann können Sie ihm ja erzählen, was genau passiert ist."
Kienzle steht hinter dem Arzt, schaut zu Thomas und zieht fragend und etwas ratlos die Schultern hoch. Beim Abschied fällt ihm nichts Besseres ein und fragt:
„Was ist denn mit Leonie?"

7. November

„Olala, olala!" Es ist früher Morgen in der Kanzlei Meyer & Schöngeist. Jean Meyer wedelt ein Blatt Papier in der Hand durch die Tür und ruft gut gelaunt zu Thomas: „Olala, olala!"
Na ja, eine Horrornachricht auf nüchternen Magen kann es ja nicht sein, wenn Jean so grinsend fragt: „Wer ist denn das? Was hast du denn da gemacht?"
„Wo? Was?" Thomas versteht gar nichts. Er hat noch nicht mal seinen ersten Schluck Kaffee getrunken und sitzt etwas verschlafen und verloren in seinem Büro, von dem es einen direkten Zugang zu Jeans Zimmer gibt.
„Tu doch nicht so scheinheilig!"
„Zeig her! Was ist denn das?"
Und er versteht noch weniger. So viel hat er gestern Abend von dem alten Merlot aus dem Piave doch gar nicht getrunken. Eine Mail:

Betreff: Déjà-vu
Thomas, unbekannter Mann,
ich habe selten jemanden getroffen, der mich mit
seinem offenen und sympathischen Lächeln so in seinen
unmittelbaren Bann zog.
Die kurze Fahrt war leider viel zu schnell vorüber. Ich
hätte mich noch intensiver mit Ihnen unterhalten, wollte
aber Ihre Gedankengänge nicht stören. Ihre Visitenkarte
gibt mir allerdings Rätsel auf, die mich den halben
Abend beschäftigten!
Ich würde mich sehr, sehr gerne mit Ihnen (darüber)
unterhalten. Schade, dass Sie nur sporadisch nach
Frankfurt kommen.

Ich freue mich über Ihren Anruf.
(Tel. 06196 / 12344321)
Seien Sie herzlich aus Eschborn gegrüßt – Monika Gross

Das muss eine Verwechslung sein!? Bis es ihm langsam dämmert. Gestern Nachmittag, der übervolle Zug von Frankfurt, als er von der Verbandssitzung heimfuhr. Das kann doch nicht sein – das kurze, unverbindliche Geplauder bis Aschaffenburg. Er hätte es längst vergessen. Doch Jean reißt ihn aus seinen Überlegungen.
„Was hast du heute vor?"
„Diese Schadensersatzforderung von Immobau. Du weißt schon, mein alter Schulfreund Peter. Ich muss da nachmittags noch mal hin nach Blaukirchen."
„So viel hast du mir nicht von Peter erzählt", hakt Jean nach. Offensichtlich hat er etwas Zeit heute Morgen oder noch keine Lust zu arbeiten.
„Intelligenter Bursche, viele haben ihn unterschätzt in der Klasse, und da heiratet er einfach die Brosinski. Keiner kam an sie ran. Ich hab's gar nicht probiert. War mir ne Nummer zu groß. Geld wie Heu. Aber ich glaube, davon sieht er nicht viel. Ihr Alter sitzt da drauf wie Dagobert Duck. Und Peter sitzt fest in Blaukirchen, so ein langweiliger Job bei diesem Bauträger Immobau, nicht Fisch, nicht Fleisch. Dabei war er in der Schule gar nicht schlecht und eher einer, den es in die Welt hinauszog."
„Besser als du wahrscheinlich!?"
„Na ja, das war so leicht auch wieder nicht!"
Thomas ärgert sich ein bisschen über Jeans Bemerkung, weil es ihn auch ein klein wenig wurmt, dass Jean dieses Super-Prädikatsexamen hinlegte und er selbst zwar problemlos, aber ohne große Meriten sein Examen in Jura hinter sich

brachte. Immerhin hatte er aber ein Jahr davor schon einen Abschluss in Psychologie gemacht. Das hatte ihm mehr Freude bereitet. Er meinte immer, die Noten und vor allem eine Karriere seien ihm nicht so wichtig. Aber einen kleinen Stich gibt's dann doch bei solchen Gelegenheiten. So war es auch mit dem Abitur. Er hatte immer vermeintlich Besseres zu tun. Ja, eine gewisse Hochnäsigkeit haftete ihm gegenüber den schulisch so Beflissenen und Fleißigen an. Er war gut genug, dass er seine ganze Zeit darauf verwenden konnte, seine unglückliche Liebe und seinen Sport zu pflegen. Aber nicht so gut, dass es nicht doch noch andere gab, die bessere Noten hatten als er.
Aber das spielt jetzt nicht so die Rolle und ist zu lange her. Spielt es wirklich keine Rolle? Und was war gestern Abend? Diese Erinnerung an seine Schulzeit, kurz vor dem Abitur? Als er sich von Marie verabschiedete ...
Jean ist längst wieder aus dem Zimmer verschwunden. Er hatte seinen Morgenspaß und ist sich sicher, dass er die Auflösung schon noch mitbekommen würde.
Liegt es an seiner Fahrt nach Blaukirchen, seiner Heimatstadt, heute Nachmittag, dass sich Thomas diesen leicht melancholischen Träumen hingibt, vor sich der Aktenordner, den er eigentlich studieren müsste? Um zehn ruft Kittel an wegen der Geschichte mit der Forderungsabtretung. 17 000 Euro! Sein Honorar nur ein lausiger Bruchteil. Vielleicht hätte er doch fleißiger sein sollen, damit es wenigstens seine jetzigen Streitsummen übersteigen würde. Doch Kittel ist ihm sympathisch und so was wie ein Freund. Gott weiß, in welchen Ecken Spaniens er immer den guten Wein findet. Und den besten reserviert er immer für Thomas. Ein Genuss, ihn mit Kittel in seinem Garten draußen über dem Steinbachtal zu probieren.

Warum schweift er dauernd ab? Es war nicht so viel Merlot gewesen gestern, und doch kann er diese Stimmung nicht abstreifen.

Ja, Marie. Es war in der 13. Klasse. Er hatte neben seinem Sport kaum was anderes als Mädchen im Kopf. Und immer irgendwie unglücklich oder unerfüllt. Aber dieser Abschied damals! Kürzlich hat er wieder mal etwas daheim in seinem Arbeitszimmer gesucht. Dabei ist ihm ein unsortiertes Papierbündel in die Hände gefallen. Fragmente, Skizzen, Entwürfe, geschrieben von ihm vor über zwanzig Jahren und seither nicht mehr angerührt.

Er hatte nichts zu tun gestern Abend. Nach diesem komischen Telefonat mit Simone war ihm auch die Lust nach bierseliger Heiterkeit in seiner Kneipe vergangen. Dabei hatten sie sich schon einige Wochen nicht mehr gesehen.

„Wollen wir uns morgen Abend in Nürnberg treffen? Du bist doch dort auf diesem Symposium ..."
„Ich dachte, du hättest diese Tage wichtige Termine in Hamburg?"
„Nein, das ist geplatzt, Jean hat die ganze Geschichte verschoben."
„Nein, da passt es nicht, da bin ich schon mit Harry verabredet ..."

Ohne nachzudenken antwortet er am Telefon: „Na klar, dann eben ein anderes Mal."

Aber schon als er auflegt, spürt er, wie lähmende Frustration in seine Glieder fährt. Schwer sitzt er in seinem Sessel und versteht die Welt nicht so recht. Da hat sie ihm doch vor wenigen Tagen eine Mail geschrieben, wie sehnsüchtig sie auf ein Wiedersehen warte, dass sie es kaum erwarten

könne, ihn in die Arme zu nehmen und sich anzuschauen. Noch nie hat er von diesem Harry gehört, der wohl in der Rangliste einen Platz weiter oben steht als er. Eifersucht wallt in ihm hoch und wird gleich danach überlagert von Wut. Wut über Simone und vor allem über sich. Hat er sich so in ihr getäuscht? War das alles nur ein Missverständnis? Hat er ganz einfach ihre Botschaften, meist schriftlich oder telefonisch, falsch verstanden und sich in ihrer Abwesenheit eine Traumwelt aufgebaut? Ist Simone eigentlich ganz anders? Sucht sie nur ein bisschen Ablenkung auf ihren doch recht häufigen Dienstreisen? Ein warmes Bett gegen eine einsame Nacht? Sollte es nicht mehr gewesen sein?
So steht er doch auf und flüchtet sich in alte Aufzeichnungen aus seiner Schulzeit, die seine Mutter kürzlich beim Aufräumen in ihrem Haus gefunden hat. Eng und doppelseitig beschrieben mit seiner damaligen Reiseschreibmaschine. Gabriele hieß sie. Die Schreibmaschine! Total chaotisch, nur einzelne Fragmente. Da ein Blatt, vollkommen herausgelöst aus dem Zusammenhang:

und so gingen wir auf diese Party: Ich gehe nicht gern auf diese Partys. Immer dieselben Leute, dasselbe Gerede. Heute sollte die französische Austauschschülerin von Claudia da sein, Marie. Sie wurde mir schon vorher als ein quicklebendiger, frecher Gnom beschrieben. Das erste, was mir zu ihr einfiel: sie gefällt mir! Ich weiß auch nicht, warum sie mir gefiel. War es ihr Blick, war es ihr nervöser, schlanker Körper, ihr Gesicht? Ich weiß es nicht. Aber irgendwie sah ich in ihr auch diese gespielte Frechheit, eine Frechheit, die den tief sinnlichen Geist, der nicht entfaltet werden kann, überspielt. Noch nie habe ich ein Mädchen so tanzen sehen: so als ob ihr

*ganzes bisheriges Leben in einem Tanz konzentriert werden würde. Es war nicht sinnlose Hüpferei, es war Ausdruck ihrer selbst, dazu ihr Lachen. Ja, sie gefiel mir. Nicht, daß ich mich in sie verliebte, aber dieser erste Eindruck blieb. Ich hätte sie vielleicht vergessen, wenn ich sie nicht wieder gesehen hätte.
Aber wir haben uns später noch getroffen. Öfter und heimlich, bis zu ihrem letzten Tag in Deutschland, bis zu ihrer Rückfahrt nach Paris. Unser Plan. Unser Geheimnis. Keiner wußte davon, und er würde auch nur dann klappen. Zum allgemeinen Abschied wurde bei Claudia Kaffee getrunken. Danach sollten wir sie zum Bahnhof begleiten. Ich ging nicht mehr mit. Das war der Abschied für die anderen: eigentlich langweilig, mit Kaffee und Kuchen, untermalt von dem monotonen, immer gleichen Geplauder, das nur durch das Klicken der aufeinanderstoßenden Stricknadeln unterbrochen wurde. Zum Schluß noch das immer gleiche Gerede: ein späterer Besuch, Briefe, Schluß.
Ich ging. Alles regte mich auf. Beide wußten wir auch, daß so etwas nicht unser Abschied sein kann. In unserer Nachbarstadt wartete ich dann sehr nervös, eine Zigarette nach der anderen, um 17 Uhr würde der Zug aus Blaukirchen ankommen. Hoffentlich verpaßt sie die Station nicht, hoffentlich bekommt sie nicht plötzlich Angst oder denkt gar nicht mehr daran, hier aus dem Zug auszusteigen, um dann mit dem nächsten weiterzufahren, schließlich konnten wir heute nicht mehr darüber sprechen. Aber ich habe ja ihre Augen gesehen. Sie kommt bestimmt. Mein Magen war schon halb aufgelöst, als sie ausstieg. Ihr Trenchcoat, der die etwas schlaksige Gestalt umhüllte, fiel mir gleich auf. Auch ihr*

sah man an, daß sie aufgeregt war, ob alles gut gehen würde.
Es war der schönste Abschied, den man sich vorstellen kann, vielleicht weil er verboten und geheim war, vielleicht weil er von ihr war. Noch nie sah ich so viel Traurigkeit und Glück zugleich wie in ihren Augen. Schließlich fuhr ihr Zug nach Paris, der durch nichts mehr zu stoppen war, doch ab. Ihr liefen Tränen über das schmale Gesicht, und sie flüsterte mir dauernd ins Ohr, daß ich sie ja nie vergessen solle. Lange winkten wir uns noch nach, dann waren der Zug und sie weg. Langeweile begann.

Schon ist er versucht, Simone anzurufen und ihr diese zwei Seiten zu schicken. Er hat es nicht getan und vielleicht doch zu viel Merlot getrunken, seine Schülerzeit in Blaukirchen idealisiert und an Marie gedacht ... An sie denkt er immer noch, als er schon in Blaukirchen angekommen ist.

„Ja, hallo ..."
Der Schwung der vorgefreuten Begrüßung bleibt auf halbem Wege stecken, als er das Büro von Peter betritt. Eine eisige, nein, eine sehr ernste Stimmung empfängt ihn. Peter ist nicht allein, ein älterer Herr, dessen Distinguiertheit etwas unter einer riesigen roten Nase leidet, sitzt bei ihm.
„Ist was passiert?" Die Frage erübrigt sich. „Störe ich?"
„Nein, kommen Sie nur rein!"
Peter stellt etwas fahrig und knapp vor: „Professor Voss, Aufsichtsratsvorsitzender der BROSINSKI AG, mein alter Schulfreund Thomas Schöngeist, unser Anwalt."
Es dauert einige Zeit, bis sie sich ihm dann auch wirklich

zuwenden. Professor Voss, vielleicht sechzig Jahre alt, ist wie selbstverständlich der Kopf dieser kleinen, zufällig entstandenen Gruppe. Thomas kommt sich gleich vor wie ein unvorbereiteter Schüler in einem Seminar. Die Rolle kennt er ja zur Genüge, auch wenn er sich mit ihr nie anfreunden würde. Nicht schon wieder abschweifen ... Professor Voss lässt dies auch nicht zu. Erst fragt er ihn interessiert und knapp nach seinem beruflichen Werdegang aus, mustert ihn dabei zwar wohlwollend, aber auch streng. Thomas fühlt sich immer kleiner, will sich aber auch nicht einschüchtern lassen und setzt sich gerader auf, streckt seinen Rücken und hebt seinen Kopf in Peters Richtung. Eine Stütze findet er in dessen abwesendem, etwas niedergeschlagenem Blick aber nicht. Und wieder ärgert er sich, dass er gegenüber Voss keine besseren Referenzen als Forderungsausfälle und Schadensersatzansprüche vorzuweisen hat. Keine großen Firmendeals, so wie bei Jean.

„Die BROSINSKI AG befindet sich überraschend in einer schweren Krise und die GERMAN PROFIT hat angedroht, ihre Kredite fällig zu stellen. Dr. Silbereisen von der GERMAN PROFIT ist stinksauer, weil erst vor wenigen Wochen der neue Kredit gewährt wurde, im Vertrauen auf die bislang präsentierten Zahlen. Er war am Telefon außer sich, sprach von Betrug und eben von der Fälligstellung der Kredite." Professor Voss ereifert sich immer mehr. „Herr Schöngeist, das sind 3 000 Arbeitsplätze hier in dieser Region. Das kann doch nicht sein. Ich weiß erst seit gestern von dieser Situation, ich bin vollkommen überrascht, mir wurden keine Indikatoren zugetragen. Wir kommen ohnehin nicht weiter, vielleicht kann uns ein unbedarfter Beobachter wie Sie einen neuen Blickwinkel eröffnen."

Voss macht nur eine kurze Pause, trinkt einen Schluck

Wasser, schnäuzt mit einem Stofftuch seine immer roter werdende Nase und fährt fort:

„Der Jahresumsatz der BROSINSKI AG ist in den letzten sieben Jahren von 500 Millionen Euro auf über eine Milliarde Euro gewachsen! Schon in den letzten beiden Jahren wurde aber, relativ gesehen, nicht mehr ganz so viel Geld verdient. So war der Gewinn im vergangenen Jahr nur noch zehn Millionen Euro, vor sieben Jahren waren es mit dem halben Umsatz immerhin noch zwanzig Millionen Euro. Damals noch unter Brosinski senior. Der hatte den Laden im Griff, auch kostenmäßig. Heute ist die Firma allerdings doppelt so groß geworden. Das kann kein Einzelner mehr überblicken. Diese Aufgabe hat jetzt sein Sohn. Der hat nicht die Stärke und das Charisma seines Vaters, spricht immer nur von neuen Projekten, fühlt sich im Wachsen stark und spürt nicht, dass es schon seit langem überall knirscht.

Wachstum kostet Geld – und jetzt hat die GERMAN PROFIT diesen neuen Kredit über 200 Millionen gewährt. Grundlage waren die Pläne des laufenden Jahres und der Folgejahre. So wurde noch vor drei Wochen ein Ergebnis von dreißig Millionen Euro für das laufende Jahr prognostiziert, mit starken Zuwächsen in den nächsten Jahren, wenn die Vielzahl der neuen Serien dann angelaufen ist. Die aktuell überarbeiteten Zahlen lassen nun einen Verlust von mindestens zwanzig Millionen Euro erwarten, Tendenz eher fallend. Die GERMAN PROFIT glaubt dem Unternehmen nun gar nichts mehr und rechnet mit der schlimmsten Katastrophe. Doch ganz gleich, ob Brosinski inkompetenter Blindflug oder bewusste Irreführung unterstellt wird, die GERMAN PROFIT versteht keinen Spaß, sie wird mit äußerster Härte vorgehen und droht damit, ihre Kredite zu kündigen."

„Das gibt's doch gar nicht! Und was kann ich da tun?", fragt Thomas Schöngeist.

Voss, ein angenehmer Gesprächspartner mit warmer Stimme, aber nüchterner Intelligenz und analytischer Aufgeschlossenheit – keine Polarisierungen, keine Frontenbildung – antwortet:

„Nun, ich weiß das momentan auch nicht. Ich wollte mich bei Herrn Schneider über die finanzielle Situation der Familie erkundigen. Darüber weiß ich so gut wie nichts, und Herr Schneider kennt vielleicht die privaten finanziellen Verhältnisse über seine Frau. Das dürfte bislang ja eine eher untergeordnete Rolle gespielt haben, schließlich ist die Familie Brosinski immer noch Mehrheitsaktionär der BROSINSKI AG, ein börsennotiertes Vermögen von heute über 500 Millionen Euro! Kann denn so eine Familie von GERMAN PROFIT wirklich unter Druck gesetzt werden? Einfach nur viele Fragen, auf die mir Ihr alter Schulfreund Antworten zu geben versucht, deren Bedeutung ich aber so schnell nicht abschätzen kann."

Schöngeist ahnt Schlimmes. Nicht nur, als er in die ratlosen Gesichter seiner Gegenüber schaut. Da vergeht ihm sogar die Lust, nachher noch ein bisschen mit Corinna Fliege zu schäkern, Peters hübscher Assistentin.

„Ja, Thomas, dagegen ist meine Sache mit Immobau wohl harmlos. Tut mir leid, dass wir dich damit behelligen." Peters Stimme klingt niedergeschlagen. „Tut mir auch leid, dass ich nicht früher Bescheid geben konnte, du warst unterwegs nicht mehr erreichbar. Für die Dorfbaier-Geschichte habe ich auch keine Zeit mehr."

Zwischenzeitlich war es ohnehin Abend geworden. Die Geräusche draußen verebbten langsam.

„Komm, lass uns noch irgendwo ein Bier trinken gehen."

„Was ist denn, gibt's das 'Gorki Park' noch?"
„Entschuldigen Sie mich bitte, meine Herren, ich habe jetzt noch ein Gespräch mit Herrn Schraube, einem der Vorstände der AG. Er erwartet mich in fünfzehn Minuten. Wenn Sie so nett wären und mir ein Taxi ..."
„Aber ich bitte Sie, wir fahren Sie", kommt ihm Peter zuvor. Offensichtlich auch froh, etwas tun zu können und die lastende Atmosphäre seines Büros zu verlassen.
„Ich würd' dich ja gerne zu mir einladen, aber du weißt ja ..."
Eigentlich weiß Thomas es so genau auch nicht, aber ein Bier mit Peter alleine ist ihm in dieser Situation ohnehin lieber. „Komm, erzähl mal ein bisschen, ich schlaf' heute Nacht bei meiner Mutter. Sie wird nicht warten, bis ich heimkomme, dafür hab ich versprochen, mit ihr in Ruhe zu frühstücken."
Die Einrichtung des 'Gorki Park' erinnert noch an die alten Schülerzeiten. Das wichtigste Inventar, die Gäste von damals, ist aber nicht mehr da. Die heutigen schauen anders aus, obwohl ja jetzt wieder längere Haare modern sind. Und läuft da nicht Dire Straits im Hintergrund? Da schleicht sich wieder die melancholische Stimmung von heute Morgen an. Es wäre ihm jetzt auf alle Fälle lieber, über die Leute, vor allem die Mädchen von damals zu reden und dabei endlos Bier zu trinken, als sich von dieser tragischen Problematik einfangen zu lassen. Und doch hängt das irgendwie zusammen. Schließlich ist auch Michael Brosinski in ihre Schule gegangen.
Am liebsten würde Thomas einfach wieder verschwinden, so wie er es sich als Schüler manchmal vorstellte, damals, als sie hier an diesem großen, runden Tisch gesessen hatten. Aber so einfach war es damals nicht und geht es auch heute

nicht. Und so versucht er, sich wieder auf Peter zu konzentrieren, der noch nicht so recht weiß, wo und wie er anfangen soll, aber schon beim zweiten Bier löst sich seine Zunge. „Soweit ich es bis jetzt überblicken kann, gibt es außer dem riesigen Aktienpaket an der BROSINSKI AG kaum Privatvermögen. Alles Geld wurde in die Firma gesteckt. Außer verschuldeten Immobilien, Abschreibungsobjekten, ist da leider nicht viel vorhanden. Alles wurde zu hundert Prozent fremd finanziert, die Banken haben dem alten Brosinski das Geld ja richtiggehend nachgeworfen. Das lief auch jahrelang wunderbar einfach, die Dividenden überstiegen bei weitem die monatlichen Zahlungen für die Immobiliendarlehen. Und dahinter das Betriebsvermögen von einer halben Milliarde Euro! Da waren kritische Anmerkungen nicht angemessen. Und jetzt stehen plötzlich alle Banken auf der Matte und wollen Darlehen neu verhandeln und zusätzliche Sicherheiten, weil das Betriebsvermögen plötzlich nicht mehr so viel wert ist. Und von einem Tag auf den anderen ist es ein Problem, die monatlichen Darlehenszahlungen zu leisten. Da braucht die GERMAN PROFIT nicht allzu viel Druck zu machen. Ohne Dividende und ohne Firmenwert kann keiner der Immobilienkredite bedient werden, geschweige denn Geld aufgebracht werden für ein Darlehen, das in die Firma eingebracht werden kann." Und nach einer kurzen, bedrückenden Pause flüstert er kopfschüttelnd, fast zu sich selbst: „Momentan ist es für mich kaum vorstellbar, wie man in dieser Situation Überbrückungskredite für die BROSINSKI AG bekommen soll, ohne dass die Anteile und damit die Familienmehrheit gefährdet sind."
Es bedrückt Thomas, wenn er Peter so verzweifelt die momentan ausweglose Situation skizzieren hört. Aber Peter wird es schon machen, der hat immer irgendwelche

Strategien und Notfallpläne in der Tasche. Er wird nur stets unterschätzt, vielleicht weil er nicht so besonders groß ist. Und wieder gleitet er ab in die Schulzeit. Was ist nur los heute? Schließlich ist alles schon weit über zwanzig Jahre her.
Die knappe halbe Stunde heim zu seinem Elternhaus geht er zu Fuß, so wie damals. Und so allein auf dem dunklen, nur spärlich beleuchteten Weg lassen sie ihn nicht los, all die Freunde von damals, seine Jugendliebe Christine, die jetzt auch wieder in Blaukirchen ist und irgend so einen Bankertypen geheiratet hat. Anfangs nutzte er sein Studium zu einer unauffälligen Flucht, um ja nicht zufällig Christine über den Weg zu laufen. Irgendwann war es aber auch einfach so zu Ende in seinem kleinen Heimatstädtchen. Er wollte nicht mehr richtig zurück, so wie viele seiner Freunde, so wie auch Peter, der sich vor zehn Jahren wieder in Blaukirchen niedergelassen hatte, zusammen mit seiner Helma, die er eigentlich erst während seines Studiums in Tübingen richtig kennen lernte …

Zur gleichen Zeit treffen sich drei Männer im Hilton am Frankfurter Flughafen, in einem dieser typischen Besprechungszimmer, die zwischen Madrid und Shanghai alle irgendwie ähnlich aussehen. Matthias Adler, ein dunkler, leicht hispanischer Typ, eher klein und bullig wirkend. Eine Goldkette an seinem braunen, behaarten Handgelenk. Etwas älter als fünfzig.
Der Gegenentwurf, André Martini, jung, schlaksig und groß. Er ist wie Adler leitender Angestellter in der BROSINSKI AG. Seine Bewegungen verraten eine eitle Selbstgefälligkeit. Stimme und Sprache ruhig und selbstsicher. Er leitet die Runde, was ihm Adler wohl etwas neidet: „Ich möchte

Ihnen danken, dass Sie die Anreise auf sich genommen haben, und Sie werden verstehen, dass wir uns nicht in Blaukirchen treffen konnten."

Zu ihnen gehört noch der Dritte im Bunde, eher unauffällig, ein vierzig Jahre altes blasses Gesicht in einem schlichten grauen Anzug, Fritz Sachs.

„Adler hat mich vor drei Tagen angerufen und mir von seinem Gespräch mit Jeff Moser in Toronto erzählt. Moser ist financial executive bei GLOBAL ELECTRIC. Der alte Brosinski war letzte Woche mit seinem Sohn und dem gesamten Vorstand in Toronto bei deren big boss, Bernard Straw, und hat die Situation der BROSINSKI AG erläutert und um eine Finanzhilfe gebeten, ja fast schon gebettelt. Das haben sie sich wohl etwas einfach vorgestellt. Sie waren kaum vorbereitet. Claus Brosinski hatte eigentlich nur seine Freundschaft mit Bernard Straw im Gepäck. Aber eine Gefälligkeit im Geschäft ist nicht unbedingt Straws Ding, auch wenn die BROSINSKI AG zu seinen wichtigen Zulieferern zählt. Er ist sich auch nicht sicher, ob Brosinski eine Zukunft hat, viel zu groß, um es leicht zu steuern und viel zu klein, als dass wirklich einflussreiche Marktanteile zu holen wären. Für ein Überbrückungsdarlehen kennt er die Zahlen nicht gut genug, denen er außerdem kaum traut. Der Silbereisen von GERMAN PROFIT hat ihm da wohl einige Zweifel ins Ohr gesetzt. Auch bezüglich der Führung durch den jungen Brosinski, der den Laden überhaupt nicht im Griff zu haben scheint. Kurzum, die Delegation aus Blaukirchen ist nach einem zweistündigen Kaffeeklatsch unverrichteter Dinge wieder abgereist mit der einzigen Zusage, dass Straw die Situation durch seine Finanzleute prüfen werde. Moser soll jetzt ausloten, ob denn eine Übernahme weit unter dem aktuellen Aktienkurs, der letzte Woche ohnehin schon stark gefallen war, möglich ist."

„Warum erzählt Adler das eigentlich nicht selber?", fragt Sachs unvermittelt, der bislang regungslos und scheinbar teilnahmslos in seinem Sessel gesessen hat. In Fritz Sachs gärt es heftig. Ihm ist nicht ganz klar, was er hier soll. Martini hat er noch nie leiden können. Mit Adler hingegen kam er immer einigermaßen gut aus. Schließlich teilten sie ja ein gemeinsames Schicksal. Zusammen standen sie plötzlich auf dem Abstellgleis in der BROSINSKI AG. Ein paar Mal hatten sie gegenüber Brosinski senior den Mund zu weit aufgemacht wegen des Russland-Investments. Dabei hatte er nur die Zahlen wiedergegeben. Aber es ist nun mal so, dass der Überbringer von schlechten Nachrichten ... Nach dieser denkwürdigen Aufsichtsratssitzung, in deren Mittelpunkt die Chancen in Russland standen, hatte er plötzlich nichts mehr recht machen können. Der junge Zanitz hatte auf einmal andere Zahlen parat, bessere. Gott weiß, wie er sich die zusammengezimmert hatte. Aber damit hatte er Eindruck beim alten Brosinski gemacht, der sich bestätigt sah in seinem Russland-Abenteuer. Sachs war nur noch der Miesmacher gewesen, der Problembeschwörer. Er bekam keinen Zugang mehr zu Brosinski. Das erledigte nun Zanitz. Bevor ihm der vor die Nase gesetzt werden würde, nahm er das nächstbeste Angebot an. Seit knapp einem halben Jahr ist er nun kaufmännischer Leiter bei der kleinen, mittelständischen Winkler GmbH, die digitale Schalteinheiten für Brosinski herstellt. Der Job ist etwas langweilig und die geheimnisvolle Einladung nach Frankfurt zumindest eine willkommene Abwechslung.

„Nun, weil ich nach dem Telefonat mit Adler noch Jeff Moser gesprochen habe", kontert Martini. „Moser kenne

ich noch aus meiner Beraterzeit bei MCKINLEY. Inzwischen macht er Karriere bei GLOBAL ELECTRIC, ist die rechte Hand von Bernard Straw und wird vielleicht irgendwann auf seinem Stuhl sitzen. Moser hat so eine vage Idee, wie Global Electriceinen guten Deal machen und die BROSINSKI AG zu einem lukrativen Preis erwerben könnte, ohne dass in der Branche irgendjemand was Unanständiges vermutet oder gar davon ausgeht, dass GLOBAL ELECTRIC dahinter stehen könnte. Dazu könnte er auch ihre Hilfe brauchen."
„Wie soll ich denn dabei helfen?" Sachs bleibt abweisend. „Ich hab doch schon lange nichts mehr mit Brosinski zu tun!"
„Aber Sie haben doch immer noch gute Kontakte ins Rechnungswesen. Sie wissen wahrscheinlich mehr als unser Vorstand Schraube", schmeichelt Martini.
„Mag sein", lenkt Sachs ein klein wenig ein.
Und Martini fährt fort: „Moser benötigt alle Informationen, die wichtigen und unwichtig erscheinenden. Was gibt es bislang für Angebote? Wie sehen sie aus? Was sind die Kritikpunkte der Familie Brosinski? Wo sind deren Schwächen? Dann strickt er über den 'European Investment Trust', kurz EIT, ein Angebot und verpackt es so schön, dass es die anderen um Längen schlägt und die Brosinskis danach gieren werden, mit ihm zu arbeiten. Wenn es funktioniert, sind für Sie Provisionen in sechsstelliger Höhe drin. Selbstverständlich geht er von Ihrer äußersten Verschwiegenheit aus, sonst wird es nicht nur nichts mit der Kohle, sondern es gibt dann anderen Ärger."

8. November

Am nächsten Morgen wartet schon ein appetitlich gedeckter Frühstückstisch auf Thomas. Seine Mutter hat schon, in leichter Festtagsstimmung, eine Tasse Kaffee getrunken. Er lässt sich gerne anstecken. Sie sieht gut aus. Seit dem Tod ihres Mannes ist sie richtiggehend aufgeblüht. Er freut sich über ihre Aktivitäten, den Donauradweg bis Wien, ihre Bergwanderungen, ihre neue Funktion bei der Caritas ...
Nach einer halben Stunde ruft er Karin im Büro an, dass sie die Termine mit Kittel und Ebert verschieben soll. Der Fall Brosinski hält ihn doch noch länger in Blaukirchen fest. Dann schwärmt er seiner Mutter von einem kleinen Mittagessen vor, das sie doch zusammen im 'Weißen Ross' einnehmen könnten. Ein leichter Salat, ein kleiner Schluck Weißwein ... Die Festtagsstimmung seiner Mutter hat ihn angesteckt, und er lässt sich von ihr vorwärts tragen und in Blaukirchen bleiben. Dann telefoniert er mit Peter: „Gibt's was Neues?"
„Vielleicht nicht direkt. Ich treff' mich wieder mit Voss um zehn Uhr dreißig. Bist du denn noch da?"
„Wenn ihr nichts dagegen habt, komm ich noch mal vorbei. Ich hab Zeit bis halb eins. Dann geh ich essen mit meiner Mutter."
Im Prinzip nichts Neues. Präzisierungen. Einige Details. Die Gesamtsituation bleibt, wie sie ist: unübersichtlich und deprimierend.
Thomas freut sich aufs Mittagessen mit seiner Mutter. Dann auf die Autofahrt wieder zurück nach Würzburg. Die Sonne verdrängt heute milchig den zähen Spätherbstnebel der letzten Tage. Er wird ihr bis Würzburg entgegenfahren und Neil Young dabei hören und an Simone denken.

Once I thought I saw you in a crowded hazy bar
Dancing on the light from star to star
Far across the moonbeam I know that's who you are
I saw your brown eyes turning once to fire

You are like a hurricane
There's calm in your eye
And I'm gettin' blown away
To somewhere safer where the feeling stays
I want to love you but I'm getting blown away

Sein Handy wird er ausschalten. Auf den einen Tag Forderungsverlust bei Kittel kommt's nun auch nicht mehr an. Etwas müde, es wurden doch zwei Gläser. Ein herrlicher badischer Weißburgunder. Sogar seine Mutter hat ein Glas getrunken. Der passte gut zu dem Salat mit diesen Entenbruststreifen. Also etwas müde und wehmütig sitzt er in seinem alten Mercedes 180 D, würde sich lieber irgendwo auf eine Couch legen als Auto zu fahren. Da bimmelt sein Telefon. Er wollte es doch ausschalten. So holt es ihn mit einer Banalität wieder in den Alltag zurück und er fährt endlich los Richtung Würzburg.

Wie ein lange Vermisster wird Thomas am späten Nachmittag im Büro empfangen. Karin, seine rechte Hand, hält sich trotzdem nicht lange mit Geplauder auf: „Kittel hat sich gemeldet, ruft gleich um 17 Uhr noch mal an. Ebert fragt nach, wann denn endlich die Stellungnahme ... Reinicke hat es zweimal probiert und versucht es morgen früh noch einmal ... Du musst dringend noch heute Gerhard Kaiser vom Verband kontaktieren ... Ja, und da hat noch eine Frau Gross angerufen!? Sie hat nichts hinterlassen."
„Gross?"

„Ja, sie meinte, es sei privat. Willst du noch einen Kaffee? Ich muss heute früher heimgehen."
„Wo ist denn Jean?"
„Du weißt doch, in Kopenhagen, die Kaufverhandlungen von Kormann mit Rüders gehen wieder mal in die entscheidende Phase. Er kommt erst morgen Nacht zurück."
Thomas genießt die Aussicht aus seinem Fenster, während er seine Mails abruft. Täglich werden es mehr. Mehr Lottogewinne, mehr Geld, das aus irgendwelchen Öldeals in Nigeria übrig geblieben ist und außer Landes transportiert werden muß, und mehr Spaß beim Sex. Zigfach soll er ein Dokument im Anhang lesen …
In der aufkommenden Dämmerung scheint der tiefblau gewordene Himmel am Horizont trotz der Kälte zu brennen und taucht die Fichten vor seinem Fenster in ein mildes rötliches Licht. Es ist plötzlich ganz still geworden. In den Vorzimmern hört er keine Stimmen mehr, die geschäftigen Geräusche verebben, kein Telefon läutet. In aller Ruhe wird dieser so gemütlich verglimmende Rotton der Fichten von der Dunkelheit aufgesogen.
Auf der Autobahn von Blaukirchen nach Würzburg, die etwas fahle Nachmittagssonne blendet ein wenig, „Cowgirl in the sand" von Neil Young klingt in ihm nach:

Hello woman of my dreams
This is not
The way it seems
Purple words
On a grey background
To be a woman
And to be turned down
Old enough now

To change your name
When so many love you
Is it the same
It's the woman in you
That makes you want
To play this game

Das Telefon schreckt ihn aus seiner verträumten Melancholie, in die er seit gestern immer mehr abgleitet. „Ja, Gerhard hier. Wo steckst du denn? Du wolltest mir doch auf alle Fälle noch den Entwurf für die neue Verbandssatzung zukommen lassen."
„Ich dachte, der Termin wäre Ende der Woche?"
„Nein, der Vorstand macht Druck. Wir hatten dann doch zum Schluss einen früheren Termin verabredet."
„Ach so, ich musste dringend zum Zug!"
„Ich weiß, deshalb hab ich's dir gleich noch einmal zugemailt!"
„Tut mir leid, ich bin gerade erst wieder ins Büro und habe noch keine Mails gelesen. Ich mach mich gleich drüber, im Großen und Ganzen hab ich's während der Rückfahrt ausgearbeitet. Morgen früh hast du die Formulierung in der Kiste."
„Spätestens neun Uhr! Und wie geht's sonst?"
„Gut. Na ja, ich weiß nicht, ich komme kaum zum Nachdenken und war gestern mal wieder länger in Blaukirchen. Dort, wo ich aufgewachsen bin …"
Er hat Gerhard, den Geschäftsführer des Deutschen Psychologenverbandes, in den letzten Jahren besser kennen gelernt. Sie hatten auf einem Symposium den ganzen Abend Bier getrunken und dabei viel philosophiert. Seither freuen sie sich, wenn sich wieder die Gelegenheit dazu ergibt. Es hat sich auch ein klein wenig Vertrautheit eingestellt.

„Bist wohl nicht oft dort?"
„Nee, eigentlich nicht. In letzter Zeit immer wieder mal für ein paar Stunden, weil ich dort ein Mandat bei einem alten Schulfreund übernommen habe. Dann schaue ich auch bei meiner Mutter vorbei. Gestern war ich über Nacht. Das kommt eigentlich recht selten vor."
„Das ist doch gar nicht so weit weg von Würzburg?"
„Zwei Stunden Fahrzeit, aber mental sehr viel weiter für mich."
„Na, ich glaube, da gibt's viel zu erzählen. Wir sehen uns doch in drei Wochen in Berlin?"
Thomas zwingt sich gedanklich in diesen trockenen Text, den er wirklich schon vorbereitet hatte, und arbeitet so konzentriert, dass er eine Nachtschicht vermeiden kann.
Langsam spürt er Hunger aufkommen und räumt seinen Schreibtisch auf. Nimmt noch einmal die Telefonnotizen von Karin in die Hand.
Gross?
Ach ja, diese Mail von gestern, die auf der Infoadresse angekommen war und die Jean mit einem genüsslichen Grinsen zu ihm ins Büro gebracht hatte. Das gibt's doch gar nicht, dass die jetzt auch noch anruft. Na ja, unsympathisch hat sie gar nicht gewirkt.
Zum Schluss schaut er sich noch einmal die eingegangenen Mails an, löscht den größten Teil gleich wieder und bemerkt jetzt erst monika.gross@telenet.de

Betreff: Montag oder Dienstag

Thomas,
ich würde Sie schrecklich gerne am Montag sehen, falls Sie es einrichten können. Ich habe nur die Befürchtung,

Ihr übervoller Terminkalender lässt Sie nicht. – Dabei fürchte ich mich etwas vor einem Wiedersehen. Da ich Sie vorgestern nicht verschrecken wollte, habe ich meinem Impuls nicht nachgegeben und Sie spontan geküsst, als Sie mir Ihre Visitenkarte gaben, sondern die „Beine unter die Arme genommen", um so schnell wie möglich aus diesem Zug zu kommen, bevor ich mirs anders überlegt hätte. Ganz zu schweigen davon, dass Sie mir schon am Bahnsteig aufgefallen waren und wir durch eine glückliche Fügung (und ohne mein Zutun) im selben Abteil saßen. Ich frage mich, ob Sie einen besonders guten Tag gehabt haben oder ob Ihre Aura immer so strahlt!

Einen erfolgreichen Tag   Monika Gross

Thomas fragt sich, ob sich da jemand einen Scherz mit ihm erlaubt. Aber wie sollte irgendjemand wissen, dass er eine kurze, vermeintlich belanglose Begegnung mit einer durchaus attraktiven Frau hatte? Sollte sich diese Monika über ihn lustig machen wollen? Das ergibt auch wenig Sinn. Sie sah ja sympathisch aus mit den kurzen braunen Haaren, fransig in die Stirn fallend, nicht allzu groß, aber eine schlanke Figur mit den richtigen Rundungen. Ein leicht hessischer Singsang beim Reden, der die Sprache weicher und melodischer macht.
Was soll er jetzt damit anfangen? Etwas irritiert und ratlos stiert Thomas auf diese Nachricht. Für solche Momente, einsam zwischen Abend und Nacht, hat er immer etwas Rotwein im Schrank. Er holt sich ein Glas, schenkt es halb voll. Der erdige Geschmack des Corvo aus Sizilien lenkt einen kurzen Moment von Monika Gross ab.

Heute ist Simone mit diesem Harry unterwegs. Wer ist denn dieser Typ? Und wieder wallt ein Gemisch von Eifersucht, Ärger, Rat- und Hilflosigkeit in ihm hoch, warum sie einen der wenigen möglichen Abende nicht mit ihm, sondern mit Harry verbringen will.

Simone ist Psychologin. Letztes Jahr im Sommer hat er, der kleinlichen Streitereien seiner Mandantschaft etwas überdrüssig, am Deutschen Psychologentag teilgenommen. Drei Tage in einem Hotel irgendwo am Ende der Welt im Harz. Abends bei einem Festbankett saß sie zufällig neben ihm. Sie plauderten zunächst den üblichen Smalltalk, dann hatte sie von ihrer Anstellung bei der Lufthansa erzählt, ihrer Unzufriedenheit damit und ihren Plänen, zusammen mit zwei ehemaligen Kommilitonen in einer eigenen Beratungsfirma Führungskräftetraining anzubieten. Sie redeten stundenlang und merkten gar nicht, dass der Saal immer leerer würde. Überhaupt nicht müde sind sie noch spazieren gegangen, haben gerätselt, ob der helle halbe Mond, der die frische Dunkelheit der Nacht fahl beleuchtete, zu- oder abnehmend sei. Sie wollte partout nicht von ihrer Meinung abrücken: Er ist zunehmend, damit basta!

Thomas konnte ihr einfach nicht Recht geben, obwohl es ihm eigentlich egal war, aber der Mond war nun mal abnehmend. Und irgendwann spürten sie gleichzeitig, in welche Nichtigkeit sie sich verbissen hatten, nahmen sich spontan in die Arme und küssten sich.

Die Tage danach fühlte er sich wunderbar leicht, genoss die aufblühende Natur und schrieb ihr in einer kleinen Mail, dass er sie gerne mal wieder sehen würde.

Danach entwickelte sich, erst zögerlich, dann immer intensiver, eine email-Korrespondenz. Einige wenige Male haben sie sich auch getroffen, Stunden von selten erlebtem Gleichklang und intensivem Glück. Sie ist verheiratet und wohnt einige Stunden weit weg. Selten, viel zu selten sind die Gelegenheiten, sich zu treffen. Letztlich beschränkt sich ihre Beziehung aufs Schriftliche.

Und jetzt dieser Harry, den er nicht kennt, aber auf keinen Fall leiden kann. Es wird langsam später. Liegen sie schon gemeinsam im Bett? Turteln sie noch bei einem romantischen Abendessen? Was machen die eigentlich? Warum macht sie das? Drei Männer, ist das nicht ein bisschen viel? Er muss diese leidige Geschichte beenden, sie lebt nur von Hoffnung, festgehalten in einem faszinierenden Briefwechsel über Mails. Es bleibt so vieles unerfüllt. Viel Traum, wenig Wirklichkeit. Fast nur Fiktion.

Nur, wie soll er diese geistreiche Frau aus seinem Leben streichen?

Vielleicht, indem er sich einfach mit Monika Gross trifft?

16. November

Freitag, eine Woche später. Es ist Nachmittag in Blaukirchen. Voss scheint auch hier in diesem kleinen, familiären Kreis die Führungsrolle übernommen zu haben. Sie sitzen im Esszimmer von Brosinski senior. Claus Brosinski, sein Sohn Michael, dessen Frau Heike, seine Tochter Helma und ihr Mann Peter Schneider. Altdeutsche Einrichtung. Bei dem nasskalten Winterwetter eine durchaus heimelige Atmosphäre, viele alte Fotos an den Wänden. Es wird Tee und Kaffee getrunken.

„Ich will kurz die Situation, wie sie sich in der letzten Woche entwickelt hat, zusammenfassen." Voss' rote, etwas knollige Nase scheint noch mehr zu leuchten als damals vor gut einer Woche in seinem Büro, geht es Peter durch den Kopf. Er fühlt sich in dieser Runde etwas fehl am Platze. Er hat mit der BROSINSKI AG beruflich nichts zu tun. Sicher, er ist über viele Kanäle in seinem überschaubaren Heimatort meist gut informiert, hört und weiß, was passiert, wird aber im Normalfall nicht um seine Meinung oder um Rat gefragt.

Aber Voss hat ihn letzte Woche bestimmt alle zwei Tage angerufen und sich in vielen Details schlau gemacht, dabei immer seine Sachkompetenz und Übersicht gelobt. Das hat ihm geschmeichelt. Sein Schwiegervater hat dies nie wahrnehmen oder gar honorieren wollen.

„Das Ergebnis für das laufende Jahr musste noch einmal nach unten korrigiert werden. Wir sind aktuell bei mindestens dreißig Millionen Euro Verlust. Die GERMAN PROFIT hat ein Ultimatum gesetzt: Wenn nicht bis in drei Monaten eine Lösung gefunden wird, werden die Kredite fällig gestellt."

„Aber das können die doch nicht so einfach!", stöhnt

Brosinski senior, der einsam und verloren wirkt. Vor einigen Jahren ist seine Frau, die Mutter von Helma und Michael, gestorben. Seither hat er kaum mehr ein Leben außerhalb des Betriebes. Es fiel ihm schwer, vor knapp einem Jahr die Geschäfte an Michael, seinen Sohn, zu übergeben. Aber mit seinen achtzig Jahren hat er einfach nicht mehr die Kondition.

„Anscheinend schon, die Kredite wurden unter bestimmten Bedingungen gewährt", erwidert Voss mit einfühlender, ruhiger Stimme. „Diese vertraglich fixierten Bedingungen sind mit den jetzigen Zahlen nicht erfüllt. Ob die GERMAN PROFIT das wirklich tun wird, weiß ich nicht. Ich war aber gestern zur Sitzung der Kreditkommission bei der GERMAN PROFIT geladen, und Dr. Silbereisen hat mit teilweise dramatisch vorgebrachten Argumenten dem Gremium diesen Schritt vorgeschlagen, und es gab kaum Gegenreden. Ich versuchte die besondere Situation deutlich zu machen, habe auf die singulären Belastungen hingewiesen, die Einführung der neuen Software, die vielen Neuanläufe, die unerwartete Entwicklung des Dollars. Silbereisen hat dies weggewischt mit dem Argument, dass diese Faktoren schon lange bekannt gewesen seien und die GERMAN PROFIT vor der Kreditvergabe mit geschönten Zahlen getäuscht worden sei. Vor allem sei der letzte Kredit im Vertrauen auf die Seriosität und Solvenz der Firma gewährt worden. Wie gesagt, er fühlt sich arglistig getäuscht ..."

Michael ist im Laufe der Ausführungen immer unruhiger geworden, und jetzt platzt es aus ihm heraus: „Das sind doch Erpresser! Wir haben die Kredite immer bedient und können dies auch in Zukunft gewährleisten. Die haben uns doch in den letzten Jahren das Geld geradezu aufgedrängt. Wenn die den Hahn zudrehen, haben sie auch nichts davon!"

„Herr Brosinski", antwortet Voss betont ruhig, „in all den Jahren wurden die Planzahlen übererfüllt. Die BROSINSKI AG hat sich immer als absolut zuverlässiges Unternehmen dargestellt. Seit einem Jahr nun gibt es einen stark gestiegenen Finanzbedarf, und zu der Kluft zwischen Plan- und Istzahlen brauche ich wohl nichts zu sagen. Sicher gibt es dafür viele Gründe, und wir wissen ja alle, dass die Einführung dieser neuen Software schon viele Firmen an den Rand des Ruins geführt hat. Ich kann momentan aber auch nichts anderes tun, als die Argumente wiedergeben."

Er braucht nicht zu erwähnen, dass Michael vor einem knappen Jahr das Ruder in der BROSINSKI AG übernommen hat, als sein Vater aus Altersgründen in den Aufsichtsrat wechselte und sich damit weitgehend aus dem operativen Geschäft zurückzog.

Brosinski senior wird bei dem Wortwechsel zusehends blasser, bis es aus ihm herausbricht: „Die sollen es nur wagen, wir finden natürlich eine Möglichkeit. Wir waren doch letzte Woche bei Bernard Straw von GLOBAL ELECTRIC, der hat uns deutlich Hilfe signalisiert. Der lässt uns ebenso wenig hängen wie die Politik. Ich kenne den Wirtschaftsminister schon seit Jahren. Die lassen uns doch nicht an die Wand fahren. Schließlich hängen weltweit 5 000 Leute dran. Nein, die GERMAN PROFIT soll sich nicht so aufspielen!"

„Nun, wir sollten gemeinsam nachdenken, wie wir künftig vorgehen, denn wir sollten die Argumente der GERMAN PROFIT durchaus ernst nehmen. In diesem Zusammenhang sollten wir auf alle Fälle das Angebot von PRIME FUND zumindest anschauen. Der Finanzinvestor will es uns ja in den nächsten Tagen zukommen lassen."

Voss fährt schnell in seiner Rede fort, weil er schon spürt, wie Michael Brosinski zu einem Protest ansetzt. „Wenn Ihre

Gespräche, Herr Brosinski, mit Bernard Straw und anderen Kontakten substanzhaltig sind, dann löst das sicher den Druck. Meine Herrschaften, wie sieht es denn mit Ihrer privaten Situation aus? In der Runde gestern wurden so einige Andeutungen über eine etwas schwierige Immobiliensituation gemacht ..."

„Nein, da gibt es keinerlei Probleme, wir haben ein beträchtliches Immobilienvermögen", antwortet Brosinski senior und schaut dabei Zustimmung fordernd zu Helma und Michael. Helma wird fast unmerklich rot, sagt nichts und macht eine Kopfbewegung, die jeder deuten kann, wie er mag. Michael, selbstgefällig und für seine Verhältnisse etwas zu laut: „Selbstverständlich haben wir alles im Griff, keine Frage. Das gesamte Immobilienvermögen der Familie beläuft sich auf über vierzig Millionen Euro. Solide Substanzwerte. Unsere Rente", grinst er breit zu Heike.

Am gleichen Nachmittag in München. Dr. Silbereisen tastet nachdenklich das braune Kuvert ab, das seine Sekretärin eben zu ihm ins Büro gebracht hat: „Entschuldigen Sie, Herr Dr. Silbereisen, dieser Brief wurde unten an der Pforte abgegeben! Es wäre dringend. Es steht kein Absender drauf. Wollen Sie das nehmen?"
Er spürt, ohne den Umschlag zu öffnen, einen Packen Fotos und wählt, gleich nachdem die Sekretärin das Zimmer wieder verlassen hat, eine eingespeicherte Telefonnummer. Schon nach zweimaligem Klingeln hebt sein Gesprächspartner ab, als hätte er gewartet. „Und, Herr Dr. Silbereisen, haben Sie was?"
„Eben bekommen. Ich würde es in einer halben Stunde bis zu Ihnen schaffen. Dann können wir uns das Material ja gemeinsam anschauen. Viel Zeit habe ich nicht. Meiner Frau

habe ich versprochen, dass ich mit ihr um acht Uhr zu den Kammerspielen gehe."

Hastig packt er einige Dokumente und das braune Kuvert in seinen Aktenkoffer, nimmt seinen Mantel und eilt an seiner Sekretärin vorbei: „Ich wünsche Ihnen ein schönes Wochenende!" – „Danke gleichfalls, Herr Doktor!"

Daran hatte er nicht gedacht, Wochenende, Freitagnachmittag. Trotz der Kälte beginnt er zu schwitzen, als er die stille Tiefgarage der GERMAN PROFIT verlässt und sich am Isarring mit seinem BMW in eine zäh fließende Autoschlange einreiht. Er lockert seinen Krawattenknoten. Es nützt ihm gar nichts, dass er mit seinem neuen Schlitten 240 fahren könnte. Langsam schleppt er sich damit vorwärts und überlegt, ob er noch einmal bei ihm anrufen sollte oder doch seiner Frau Bescheid geben, dass es nichts mehr wird heute Abend. Beides kommt irgendwie nicht in Frage, und vielleicht läuft's ja nach der Baustelle besser...

Als er eine knappe Stunde später von der Uferstraße am Starnberger See in die gekieste Einfahrt abbiegt, klebt sein Hemd unangenehm feucht an seiner Haut, und er bremst etwas zu heftig vor der Haustüre ab, die sich schon öffnet, während er aus dem Auto steigt.

In der Tür steht ein älterer weißhaariger Herr, der ihn süffisant, aber nicht unfreundlich begrüßt: „Manchmal geht's wohl nicht so, wie man es gerne hätte. Macht nichts, Herr Dr. Silbereisen, ich habe Zeit. Meine Frau kocht heute für uns, und ich habe keine Verabredung."

Derweil führt er ihn in sein Arbeitszimmer. „Kaffee, Wasser, oder ..."

„Ein Glas Wasser wäre gut, danke!"

„Und, ist was Verwertbares drin?

Silbereisen trinkt einen Schluck, bevor er etwas angespannt

antwortet: „Ich sagte doch, ich habe noch nicht reinschauen können." Er zieht ein Bündel von etwa zehn Fotos und einen dreiseitigen Bericht aus dem Briefkuvert. Auf dem ersten Foto ein Mann auf einem Bahnsteig, dunkle leicht lockige Haare, soweit man es erkennen kann, auch dunkle Augen, schlank, vielleicht ein Meter achtzig groß. Silbereisen zeigt auf das Foto: „Das ist wohl Thomas Schöngeist." Auch auf den nächsten Fotos der gleiche Mann in unterschiedlicher Umgebung: Schöngeist vor einem Gerichtsgebäude. Schöngeist in einer Kneipe, mit einer Blondine ins Gespräch vertieft, wieder in einer Kneipe mit einem etwa gleichaltrigen Mann, noch mal auf dem Bahnhof neben einer dunkelhaarigen, wohlproportionierten Frau, die ihn aus einer Entfernung von zwei Metern unverhohlen anschaut.

„Das sieht ja alles ganz normal aus. Gibt's da nichts Besseres? Was hat er denn rausgefunden, Ihr Detektiv, Herr Silbereisen? Lesen Sie doch mal!"

Während Silbereisen hastig den Bericht überfliegt, deutet er auf ein Foto und sagt: „Da schauen Sie: die Frau hier auf dem Bahnsteig ...". Da läutet sein Handy. Verdammt, er wollte es doch ausschalten. „Entschuldigen Sie bitte, meine Frau!"

„Ja, hallo mein Schatz", ruft er fast künstlich gut gelaunt und eine Spur zu laut ins Telefon.

„Ja, natürlich!"

„Ich bin schon fast unterwegs"

„Auf alle Fälle bin ich pünktlich!"

„Bis gleich!"

Silbereisen wischt sich mit seinem Taschentuch über die Stirn.

Währenddessen hat sein Gastgeber die drei Seiten des Be-

richts kopiert, und als Silbereisen sichtlich gestresst das Telefonat beendet hat, beruhigt ihn der Weißhaarige mit einem Lächeln. „Lassen Sie mal. Ich habe ja jetzt den Bericht, den werde ich vor dem Essen in Ruhe lesen, und Sie können beruhigt zu Ihrer Frau fahren."
Beim Hinausbegleiten fragt er ihn nur kurz: „Ist in der Ausschusssitzung alles glatt gegangen?"
„Ja", antwortet Silbereisen dankbar, „wir haben eine Mehrheit für das Ultimatum, entweder Brosinski bringt von alleine frisches Kapital oder er muss sich das Geld von PRIME FUND geben lassen."
„Und wenn die Brosinskis nicht mitmachen?"
„Dann stellen wir die Kredite fällig, und es bleibt ihnen nichts anderes übrig!"
„Auf Wiedersehen – und schönes Wochenende!"
„Ihnen auch, auf Wiedersehen!"
Wieder zurück im Arbeitszimmer, nimmt er den Bericht und liest:

> *Thomas Schöngeist, geboren 1967 in Blaukirchen ... Einzelkind ... Vater Werkzeugmacher in der* BROSINSKI AG ... *Mutter Altenpflegerin ... Gymnasium ... dort in einer Klasse mit Peter Schneider, der mit Helma Brosinski verheiratet ist ... gleiches Gymnasium (einziges in Blaukirchen) wie Michael Brosinski ... aktiver Leichtathlet ... Jugend-Landesmeister im Mittelstreckenlaufen ... Abitur mit Schnitt 1,9 ... Zivildienst beim Roten Kreuz ... Studium in Würzburg, Jura und Psychologie ... lebt seither in Würzburg ... wissenschaftlicher Assistent am Institut für forensische Psychologie ... Hochzeit mit Leonie Sperber, Ärztin, nach vier Jahren plötzlich verstorben ... sechs Monate Weltreise ...*

Eintritt als Partner in die Kanzlei Jean Meyer in Würzburg ... attraktive sportliche Erscheinung ... verschiedene Frauenbekanntschaften ... neun Monate Beziehung mit Eva Jakobs, wohnhaft in Nürnberg ... lebt alleine in einer Würzburger Stadtwohnung am Main, die ihm gehört ... über 100 000 Euro Sparguthaben ... solider Lebenswandel ... politisch grün ... läuft regelmäßig, meistens mit Manfred (Manni) Kempf, Steuerberater in Würzburg, mit dem er eng befreundet ist ... trinkt gern Rotwein.
Die Kanzlei beschäftigt acht Mitarbeiter, läuft gut ... Jean Meyer hat einige Firmenakquisitionen und -zusammenschlüsse begleitet, u.a. Kormann & Rüders in Hamburg ... Thomas Schöngeist ist spezialisiert auf Details in Wirtschaftsfragen ...

Der Mann lehnt sich in seinem Sessel zurück und sinniert, scheinbar ins Leere blickend, vor sich hin: Das gibt's doch nicht! Das einzig Auffällige an Thomas Schöngeist ist sein Auto, ein Oldtimer, Mercedes 180 D, aus dem Jahr 1961, in Rot. Der Mann erinnert sich gut an diese Zeit und an das Auto. Damals ging alles aufwärts, während heute ... Er schüttelt den Kopf: Irgendein dunkles Geheimnis gibt es doch immer. Aber dann bleibt es eben ein Geheimnis. Er schaut noch mal auf die Fotos. Wer ist denn diese Frau?

17. November

Blaukirchener Nachrichten

Aus zuverlässiger Quelle war zu erfahren, dass die Brosinski AG überraschend in eine Schieflage geraten ist. Das Unternehmen, noch mehrheitlich in Besitz der Familie des Unternehmergründers Claus Brosinski, gibt in unserer Region über 3000 Menschen Arbeit. Weltweit zählt die Brosinski AG über 5000 Beschäftigte. Claus Brosinski baute das Unternehmen in den letzten Jahrzehnten konsequent mit viel Geschick und unternehmerischem Mut von einer kleinen Elektrowerkstatt, die sein Vater bis Kriegsende in Chemnitz führte und mit der sich die Brosinskis nach der Flucht in Blaukirchen niederließen, zu einem Weltunternehmen auf. Claus Brosinski war ein Garant für ein stetiges Wachstum seines Unternehmens. So konnte er noch für das Geschäftsjahr, bevor er sich aus dem operativen Geschäft zurückzog, einen Umsatz von über 850 Millionen Euro vermelden, bei einem Gewinn von über zehn Millionen Euro! Für unsere Region ein unverzichtbarer Arbeitgeber, aber auch ein großzügiger Förderer von Kultur und Sport. So sind die Erfolge des TuS 07 eng mit seinem Namen verbunden.

Aus Gewerkschaftskreisen war zu hören, dass hausgemachte Managementfehler der neuen

Führungsriege Ursache der plötzlichen Schwäche seien. Der Betriebsrat weise seit einiger Zeit auf Ungereimtheiten in den Betriebsabläufen hin, die häufig zu Qualitätsmängeln mit sehr aufwändigen Nachbesserungsarbeiten führten. Der Betriebsrat befürchtet, dass diese Situation von einem Finanzinvestor genutzt werden könne, der billig in das Unternehmen einsteigen und das Unternehmen zerschlagen könne, um sich die Perlen zu ergattern. Eine unrühmliche Rolle käme der GERMAN PROFIT zu, die wohl ohne Rücksicht auf Arbeitsplätze und gewachsene Strukturen dem Unternehmen keine Überbrückungskredite mehr gewähre.

In Rio de Janeiro ist der November ein Sommermonat. Seit Tagen freut sich Adler auf das Wochenende. Die vielen Gespräche der letzten Tage, alle in Englisch, haben ihn mehr ermüdet als sonst. Dabei macht es ihm keine Mühe, sich in dieser Sprache zu unterhalten, schließlich hat er mehrere Jahre in Boulder, Colorado, gelebt. Allerdings birgt eine fremde Sprache immer die Gefahr, dass man sich in kleinen, aber wichtigen Details missversteht. Das strengt ihn mit den Jahren immer mehr an. Er fühlt sich noch nicht alt, ist mit seinen 54 Jahren aber nicht mehr der Jüngste und zählt schon zu den Erfahrenen, nicht mehr zu den jungen Wilden. Er ist leidlich zufrieden mit dem Ergebnis seiner Mission hier in Rio. Wahrscheinlich zwei neue Kunden. Und vor allem konnte er diese diffuse Unzufriedenheit ihres Hauptkunden vor Ort einigermaßen beheben. Erschöpft ist er gestern Abend eingeschlafen, was auch an den unzähligen

Caipirinhas liegen konnte, die er mit Salvadore in einer kleinen, schwülen Bar trank. Dieser Termin war nur mehr halbdienstlich und das karge Geplauder nicht einmal besonders anstrengend, weil beide nur noch Augen für die vielen kaffeebraunen Schönheiten in dieser engen Kneipe gehabt hatten. Ab und an zwinkerten sie sich kennerhaft zu, wenn besonders dralle Brüste die Knöpfe einer ohnehin kaum mehr etwas bedeckenden Bluse zu sprengen drohten. Das kam recht häufig vor, auch dass ihre Augen danach wieder in den Ausschnitt einer Vorbeigehenden zu fallen schienen. Kurz, es war das, was beide unter einem netten Abend verstanden. Es spielte so etwas wie Salsa-Musik. Adler versuchte sich im Takt zu bewegen und fühlte sich recht steif dabei. Er schwitzte in dieser engen, durstigen Atmosphäre, die ihm nicht sonderlich unangenehm war, vor allem dann, wenn sich die Frauen an ihm vorbei zwängten und sich dabei der ein oder andere weiche Busen an ihn presste.

Salvadore hat ihm, bevor sie sich verabschiedeten, diese Adresse gegeben. Für einen Samstag allein, sagte er nur zum Abschied.

Nach einem ausgiebigen Frühstück auf der noch relativ morgenfrischen, aber schon geschäftigen Hotelterrasse zeigt er dem Taxifahrer das kleine Kärtchen. Die Fahrt dauert nicht viel länger als fünfzehn Minuten, bis ihn der Fahrer vor einem nüchternen Gebäude absetzt, das eher einer Privatklinik ähnelt. So wirkt es auch, als er im peinlich sauberen Empfangsraum dieser Massagepraxis steht. Eine weißbekittelte junge Frau fragt ihn, wo er denn Beschwerden hätte und welche Art von Massage er brauche. Von wem er denn massiert werden wolle? Er hebt fragend die Schultern, zeigt aber auf seine Beine, weil die Empfangsdame ihn immer nur fragend anschaut. Sie zeigt ihm dann Fotos vom

Personal, etwa zehn junge Masseurinnen, alle in weißem Einheitskittel abgelichtet. Adler fragt sich mittlerweile, welchem Scherz von Salvadore er denn da aufgesessen sei, und entscheidet sich für eine etwas heller wirkende Frau namens Eleonore. Die Empfangsdame reicht ihm zwei strahlend weiße Handtücher und weist ihm das Behandlungszimmer 4 zu. Adler fügt sich in sein Schicksal und beginnt, sich dem Gedanken an eine entspannende Beinmassage anzufreunden.
In der Mitte des eher steril wirkenden weißen Raumes, den er jetzt alleine und etwas verloren betritt, steht eine Massagebank. Adler weiß nicht so recht, was tun, zieht sich bis auf die Unterhose aus und legt sich bäuchlings auf die Massagebank. In diesem Moment kommt Eleonore. Olivfarbene Haut, eher helles und langes Haar. Auch sie steckt in diesem Kittel, den er schon auf den Fotos gesehen hatte. Was er jetzt erst sieht, sind ihre Brustwarzen, die sich sehr deutlich abzeichnen. Sie ist aber so anständig zugeknöpft, dass man den Busenansatz nur ahnen kann.
„Hello, I am Eleonore, how are you?"
„Oh I'm fine. My name is Matthew."
„So, where shall I begin?"
Adler zeigt wieder brav auf seine Beine.
Eleonore tropft gehörig Massageöl darauf und beginnt zu massieren. Fuß rechts, Fuß links. Unterschenkel rechts, Unterschenkel links. Das wirkt alles sehr professionell und vor allem auch kompetent. Oberschenkel rechts, Oberschenkel links. Eine angenehme Entspannung macht sich in Adler breit, und er ist mittlerweile froh, dass Salvadore ihm diesen Tipp gegeben hat, keine schmuddelige, schnelle Befriedigung, die schon nach wenigen Minuten in Scham oder Verachtung umschlägt und einen schalen Geschmack für

den Rest des Tages hinterlässt. Er spürt jetzt schon, dass er sich nach dieser Massage wie neu geboren fühlen wird. Vielleicht kann er ja abends noch einmal in diese Bar gehen.
„Turn around, please."
Adler dreht sich brav um und entdeckt mit halbgeschlossenen Lidern eine kleine Fliege an der Zimmerdecke.
Unterschenkel rechts, Oberschenkel rechts, dabei streift ihr kleiner Finger an seinem Hoden. Der Finger ist schneller wieder weg, als er die Berührung wahrgenommen hat. Unterschenkel links, Oberschenkel links. Wieder dieses unabsichtliche zufällige Streifen ihrer Hand an seinem Geschlecht. Er kann nicht verhindern, dass sich sein Glied in der Unterhose prall erregt, und versucht, sich und sein Geschlecht zu entspannen. Eleonore scheint seine Anspannung nicht zu bemerken und massiert weiter seinen Oberschenkel. Beginnt beim Knie und knetet langsam den Muskel entlang aufwärts bis zu seinem Schritt, hört dort aber nicht auf, sondern massiert mit sanftem Druck sein Glied weiter. Dabei beugt sie sich so über ihn, dass er seine Augen schließen müsste, um nicht im Kittelausschnitt ihre Brüste begehrend zu bewundern, die nur von einem zarten Hauch Büstenhalter am Überquellen gehindert werden.
„Is it good for you?"
Es war gut für Adler und er denkt sich „life is good", als er eine halbe Stunde später vollkommen entspannt und mit der Erinnerung an einen perfekten Körper das *instituto hermosura y saludad* wieder verlässt.

19. November

Die Woche beginnt mit heftigem Schneefall. Auf den Straßen Chaos, ob des für Mitte November viel zu frühen Wintereinbruches. Thomas ist froh, dass er zu Fuß in sein Büro gehen kann. Dort erlebt er einen eher typischen Tag, während sich die Welt draußen in ein friedliches Weiß hüllt. Schriftsätze, Telefonate, eine dauernde Grundhektik, deren Ursache schwer auszumachen ist. Thomas sitzt am frühen Abend erschöpft am Schreibtisch und fragt sich, was er eigentlich den ganzen Tag gemacht hat. Er hadert etwas mit sich und seinem Tag und ist froh, dass er in einer halben Stunde im Sportzentrum mit seinem treuen Laufkumpan Manni verabredet ist. Zum Arbeiten hat er keine Lust mehr. Und schon schleicht sich wieder dieser Harry an. Was will der eigentlich? Da noch etwas Zeit ist, blättert Thomas in seinem Computer die alten Mails von Simone durch bis zu einem der ersten, eigentlich dem ersten richtigen Brief, den er nach einigen unverbindlichen Mails von ihr erhalten hat. Das war Anfang Juni, erst gut einen Monat nach ihrem Kennenlernen in Bad Harzburg.

Lieber Thomas,
nein, ich habe Dich nicht vergessen, auch wenn es so scheinen mag, weil ich mich jetzt erst wieder bei Dir melde. All die Tage seit unserem Kennenlernen bist Du gewiss nicht aus meinen Gedanken verschwunden. Ganz im Gegenteil. Diese wundervolle Sommernacht, erhellt von Deinem Licht und einem zunehmenden Mond, lässt mich nicht mehr los. Ich weiß ja eigentlich gar nicht mehr, über was wir so geredet haben, aber ich habe diese Stunden mit Dir ganz inhaltsschwer in Erinnerung.

Es war schon eine glückliche Fügung, dass wir bei diesem Festakt wie zufällig nebeneinander saßen. Ist so etwas wirklich Zufall oder Schicksal? Aber gleich, ob nun von irgendjemandem vorbestimmt oder einfach eine kleine Laune der Schöpfung, wir saßen nebeneinander und ich ließ mich über den Abend hin so gerne einfangen von Deiner Wärme, mit der Du mich wahrgenommen hast. Ich ließ mich verzaubern von Deinen so engagierten Worten. Über was haben wir überhaupt gesprochen? Weißt Du eigentlich, wie sehr Deine Augen leuchten können, wenn Du etwas erzählst? Zum Beispiel von Deiner Begegnung mit diesem älteren, rüstigen Herrn schon weit über siebzig auf einer Berghütte. Es ist, als wäre ich mit am Tisch gesessen bei diesem eher zufälligen (?) Gespräch. Es handelte von der Faszination, die Frauen auf einen Mann ausüben können. Du warst so begeistert, weil Dein Gegenüber so alt war. Du dachtest wohl, zu alt. Ich hätte Dir stundenlang zuhören können, und das habe ich wohl auch getan, bis es leer geworden ist um uns. Später, alleine in meinem Hotelzimmer, spürte ich immer noch die Wärme Deiner Umarmung unter dem kalten Licht des Mondes. Diese Wärme hat mich die Tage danach durch meinen Alltag getragen und ich habe mich glücklich gefühlt über diese einzigartige Begegnung.
Ach, könnte man so eine Erinnerung, so eine Empfindung einfach stehen lassen, so, als gäbe es keine andere Welt, kein Davor und kein Danach. Aber es gibt nun mal auch diese Welt, in der ich lebe, aus der ich komme. Und in dieser Welt bin ich verheiratet, glücklich verheiratet mit Günther. Ich weiß jetzt nicht, wie ich das beschreiben soll, da gibt es keine Unzufriedenheit, keinen Grund für

*mich auszubrechen. Ganz im Gegenteil, denn ich liebe meinen Mann. Und doch habe ich Dich kennen gelernt. Einfach zufällig. Das war sehr schön und ist nicht rückgängig zu machen. Wir haben auch nichts getan, wofür ich mich vor Günther zu rechtfertigen hätte. Und doch habe ich ihm nichts von unserer Begegnung erzählt. Warum sollte ich auch – eigentlich? Trotzdem habe ich so etwas wie ein schlechtes Gewissen, denn ich spüre Sehnsucht, Sehnsucht, Dich wieder zu sehen. Ich habe mir lange überlegt, eben drei Wochen, ob ich Dir das schreiben kann, ob es nicht einfacher wäre, den leichten Kuss in das Schatzkästchen meiner Erinnerung zu versperren und es gut sein zu lassen. Dann hätte ich vielleicht wieder meinen inneren Frieden mit mir und mit Günther. Aber so einfach ist das nicht, ich finde keinen inneren Frieden und ich spüre auch, dass ein Nimmerwiedersehen unserer kurzen Begegnung, dem Glück dieser Begegnung, nicht gerecht werden würde. In zwei Wochen werde ich in Hamburg sein, am Dienstagabend habe ich keinen Termin. Ich weiß nicht, aber Du hast mir von diesem Mandanten in Hamburg erzählt. Meinst Du, es ließe sich für Dich einrichten? Vielleicht könnten wir zusammen essen gehen?
Simone*

Ein warmes, angenehmes Gefühl beginnt sich in Thomas auszubreiten. Er schließt die Augen und ist zurück in dieser Frühsommernacht mit Simone.
Das Telefon reißt ihn aus seinem Traum. Ein kurzer Blick auf die Uhr, es wird Zeit zu gehen, doch er nimmt noch schnell den Hörer ab. Große Geduld hatte der Anrufer aber nicht, jedenfalls war Thomas zu spät am Apparat, aber da-

für rechtzeitig im Sportzentrum, wo Manni schon wartet.
Er kennt Manni seit einer halben Ewigkeit, sie sind als Jugendliche bei Wettkämpfen gegeneinander gelaufen und haben sich aus den Augen verloren, als sie irgendwann vor dem Abitur damit aufhörten. Zu Beginn des Studiums haben sie sich zufällig an der Uni in Würzburg wieder getroffen. Manni studierte dort schon seit einem Jahr Jura. Thomas hatte gerade damit angefangen. Seither laufen sie miteinander und sind sehr enge Freunde geworden. Manni ist ebenso wie Thomas in Würzburg geblieben und hat sich zu einem Partner einer renommierten Steuerberatungskanzlei hochgearbeitet.
Beim Umziehen die üblichen Frotzeleien: „Hast wohl 'nen Stau am mittleren Ring?"
Thomas betrachtet scheinbar bekümmert die kleine Speckfalte, die sich beim Sitzen nicht gerade ästhetisch über dem Hosenbund wulstet und antwortet: „Soweit ich sehen kann, hat deine Waschbrettbauchzeit auch keine sichtbaren Spuren hinterlassen!"
„Es ist schon spät und fast zu dunkel, um noch ins Gelände zu laufen!", wechselt Manni das Thema.
„Willst du wohl um die Stadt laufen?" entgegnet Thomas.
„Das macht auch nicht so recht Spaß. Auf der Straße ist es matschig und auch glatt. Ich weiß nicht so recht."
„Lass uns ins Gelände laufen, bei dem Schnee bleibt es länger hell. Es müsste ausreichen, außerdem ist es viel schöner."
Die beiden reden nicht viel. Doch es entsteht keine drückende Atmosphäre, manchmal laufen sie über eine Stunde schweigend nebeneinander her, ohne dass ihnen langweilig wird dabei. Manchmal packt sie auch ein Thema und dann diskutieren sie die gesamte Wegstrecke. Doch heute sind beide in Gedanken. Thomas bei Simone.
Die romantische Stimmung, die sich seit dem Brief von

Simone immer mehr in ihm ausbreitet, versucht Thomas am Abend in einem kleinen Text zu beschreiben. Als Geschenk für Simone.

Die Konturen der Wege sind im vergehenden Tageslicht noch gut erkennbar. Auf dem Schnee scheine ich fast schwerelos wie auf Daunen zu laufen. Den Hügel hinan. Der schon fast schwarze Himmel grenzt sich klar gegen die noch weiße Schneefläche ab. Es ist nicht mehr Tag, auch noch nicht Nacht. Die Natur zeigt in aller Bescheidenheit die unendlich vielen Nuancen zwischen schwarz und weiß und bläst uns Schneeflocken entgegen. Sie kühlen angenehm das schon leicht erhitzte Gesicht.
Das Leben um uns versinkt langsam, ist plötzlich weit weg. In der aufkommenden Stille wird das eigene Schnaufen immer lauter, bis wir alleine sind in dieser unendlich groß wirkenden, weißen Schneefläche, die sich am oberen Kamm mit einem dunklen Strich gegen den nunmehr schwarzen Himmel abgrenzt.
Ein kaum wahrnehmbarer rötlicher Schimmer im Westen, wo wir die Zivilisation unter uns gelassen haben. Von dort tauchen sie plötzlich auf. Schwarz und deutlich heben sie sich gegen den hellen Untergrund ab. Auf den schlanken Beinen fliegen sie galoppierend über die weiß staubende Pracht, während wir uns durch den immer höher werdenden Schnee wühlen. Ein Rudel Rehe, mindestens zehn, wie an einer Kette gleichmäßig aufgereiht. So jagen sie dem Hügelkamm entgegen und wirbeln dabei eine Schneewolke auf, die noch an dieses Schauspiel erinnert, während die Rehe im Nirgendwo zwischen Himmel und Wirklichkeit schon wieder verschwinden.

Später, nachts im Bett. Thomas ist müde, kann aber nicht einschlafen. Er denkt an diesen sommerlich-heißen Julitag in Hamburg. Die Verhandlungen zwischen Kormann und Rüders waren in einer kniffligen Phase und drohten endgültig zu scheitern.
Jean hatte Thomas gebeten, bei dieser Verhandlung mit dabei zu sein. Allzu festgefahren waren die Argumente zwischen den Verhandelnden, und Jean war mittlerweile schon so sehr Partei für seinen Mandanten Kormann, dass es ihm schwer fiel, der Argumentation von Rüders wertfrei zu begegnen. Thomas kannte die Aktenlage gut, er hatte Jean bei der Ausarbeitung der Schriftsätze und Vertragsentwürfe wertvolle Hilfe geleistet.
Thomas fuhr mit dem Zug um 7 Uhr 28 nach Hamburg, Jean war schon am Abend vorher angereist, um mit der Familie von Rolf Kormann essen zu gehen.
So war es Jean und Thomas gelungen, beide Parteien wieder zu einer sachlich-analytischen Diskussion über Vertragsinhalte zu führen, was sich positiv auf die Gesprächsatmosphäre auswirkte und auch für etwas mehr Verständnis zwischen Kormann und Rüders sorgte. Eine gute Ausgangslage für die teilweise kniffligen Klauseln und Details, die dann den ganzen Nachmittag bis in den frühen Abend hinein besprochen wurden.
Jean hat es danach eilig, wieder heim nach Würzburg zu kommen und hastet zu seinem Auto.
Eine milde Abendsonne wärmt den kahlen Parkplatz, wo Jean und Thomas vor dem Auto stehen.
„Also, hm, also ich bleibe noch in Hamburg …", druckst Thomas herum.
„Wie, was?"
„Na ja, ich habe noch einen Termin."

„Einen Termin? – Wie kommst du dann heim?"
„Na ja, ich fahre morgen früh mit dem Zug."
„Wie, morgen früh mit dem Zug? Wo schläfst du denn?"
Jean lässt einfach nicht locker, und Thomas fühlt sich immer unsicherer, hat sich jetzt aber schon so verrannt, dass er Jean nicht mehr unbedarft von seiner Verabredung mit Simone erzählen will oder kann. Außerdem hat er es jetzt eilig, schließlich will er sich mit Simone schon um acht Uhr treffen und auf keinen Fall zu spät kommen.
„Also, ich mach' die besprochene Überarbeitung des Vertrages morgen auf der Zugfahrt, wir sehen uns gegen Mittag im Büro", ruft Thomas dem etwas verdutzt dreinschauenden Jean zu, während er schon zur U-Bahnhaltestelle eilt.
Auf der Fahrt überlegt er sich, was er ihr sagen, wie er sie begrüßen soll, malt sich überhaupt aus, wie diese Begegnung verlaufen würde. Doch als er auf der Lohmühlenstraße aussteigt, steht Simone schon da, lacht ihn von weitem an, und er breitet spontan seine Arme aus und drückt sie an sich. Sie lässt sich auch weich nehmen und es braucht keine ersten Worte mehr. Er legt seinen Arm um ihre Schultern, sie ihren um seine Hüfte, und so gehen sie die Stiftstraße in Richtung Mariendom.
„Wo gehen wir eigentlich hin?" fragt Thomas.
„Das Hotel ist da vorne, ich hab schon eingecheckt. Hast du dir kein Zimmer reserviert?"
„Doch, Karin hat das arrangiert, sie hat mir ja auch gesagt, wie ich mit der U-Bahn fahren soll. Das hat doch gut geklappt, oder?"
„Ich freu mich so!", lacht ihn Simone an. Statt einer Antwort fasst Thomas sie an beiden Oberarmen, zieht sie zu sich, schaut ihr ins Gesicht, seine Lippen zucken nervös und

unsicher, und er drückt ihr einen Kuss auf den Mund. Aber er wartet nicht, bis oder ob sie ihn erwidert.
Sie begleitet ihn nach dem Einchecken auf sein Zimmer. Thomas' Nervosität steigert sich. Was soll er jetzt tun? Simone lässt ihm für solche Gedanken wenig Zeit: „Schau her, ich hab dir was mitgebracht." Sie zieht eine CD aus ihrem Rucksack. „Da sind die Bilder drauf, von denen ich neulich gesprochen habe. Ich hab' sie mühselig fotografiert, und die Belichtung stimmt nicht so ganz. Willst du sie mal sehen?"
„Na klar!"
Mangels anderer Gelegenheiten legen sie sich gemeinsam aufs Bett. Thomas schaltet seinen Laptop ein und genießt es, wie sie so neben ihm liegt und die Bilder erklärt, die sie die letzten Jahre gemalt hat. Seine Nervosität lässt langsam nach, und er ertappt sich bei dem Gedanken, wie schön es wäre, wenn sie jetzt nackt nebeneinander lägen. Doch auch aus diesen Abschweifungen reißt ihn Simone wieder: „Ich bin so hungrig! Wohin wollen wir zum Essen gehen? Ich würde aber vorher lieber noch einen Spaziergang an der Alster machen. Willst du?" Simone lässt Thomas keine andere Chance.
Was Simone redete, weiß Thomas später nicht mehr so recht. Sie redet, und er hört gerne zu und genießt ihre Nähe, ab und zu nimmt sie ihn wie selbstverständlich bei der Hand, drückt sie kurz und lässt wieder los. Thomas legt ebenso selbstverständlich seinen Arm um ihre schmalen Schultern, zieht sie leicht an sich. Beim Loslassen strahlt ihm Simone ihr offenes Lachen entgegen. Wärme verbreitet sich über den Magen in seinem ganzen Körper, und er will einfach die Alster entlang ewig so weitergehen.
„Das hier sieht doch nett aus!"
Er wäre mit Simone überall hin gegangen, aber das kleine

italienische Lokal wirkt tatsächlich einladend. Die Wärme strahlt angenehm in seinem Magen, und ihr Gesicht leuchtet, als sie sich mit einer zarten, leise klingenden Berührung der Gläser zuprosten. Er verliert sich in den dunklen Tiefen ihrer braunen Augen.

You are like a hurricane
There's calm in your eye
And I'm gettin' blown away
To somewhere safer where the feeling stays
I want to love you but I'm getting blown away

Längst nach Mitternacht machen sie sich auf den Rückweg. Simone nimmt seine Hand, und sie gehen schnellen Schrittes zum Hotel. Eine kurze Frage, die auf keine Antwort wartet: „Kommst du noch mit?"
Sie gehen wie selbstverständlich in ihr Zimmer. Dort stehen beide plötzlich etwas verloren herum. Thomas traut sich in der schleichend begonnenen Stille kaum, die Schuhe auszuziehen. Aber es lenkt ihn etwas ab. Und Simone macht es ihm nach. So recht weiß jetzt keiner, was tun. Das drückende Schweigen lässt die Heiterkeit des Abends und auch die Münder verstummen.
„Also, ich bin jetzt müde! Du auch?", fragt Simone, kramt einen Schlafanzug aus dem Koffer und verschwindet mit einem Waschbeutel im Bad. Thomas zaudert etwas, zieht dann aber Hemd und Hose aus und legt sich ins Bett. Simones langärmeliger Schlafanzug verhüllt vollständig, worauf sich Thomas den Abend lang gefreut hat. Sie schlüpft schnell und etwas verlegen unter die andere Bettdecke.
„Was ist los?", Thomas wundert sich selbst über den harten, vorwurfsvollen Klang seiner Stimme.

„Ich weiß nicht so recht."
„Ist es dir nicht recht, dass ich noch hier bin?"
„Doch, das weißt du doch!"
Dabei findet Simones nachdenklicher Blick nicht zu ihm, sondern bleibt an der Decke hängen.
Thomas liegt enttäuscht neben ihr und fühlt sich ganz weit weg. Er findet keine Worte, diese Distanz zu überbrücken, rückt von Simone weg und schließt die Augen.
„Thomas", Simone flüstert fast unhörbar, „bitte, Thomas, nimm mich in die Arme. Vielleicht können wir ganz einfach nur daliegen, aber nicht so weit weg."
Simone schubst ihn an den Schultern und rückt näher zu ihm hin. Rücklings schmiegt sie sich an seinen Bauch, und Thomas umarmt sie fast widerwillig und etwas steif und weiß nicht, wohin mit seinen Händen.
„Ich habe gerade an Günther gedacht, und ich weiß nicht, ob es richtig ist ... Lass doch deine Hände auf meinem Bauch. Und sag doch mal was!"
Selbst wenn Thomas seine Stimme wieder gefunden hätte, er wüsste nicht, was er sagen sollte. Wie ein kleines Kind hat er sich auf diesen Abend gefreut, hat ihn sich immer wieder in verschiedensten Szenen ausgemalt, war trotzdem offen für alles, was kommen mochte. Nur damit hat er nicht gerechnet. Mit dieser Situation kann er nicht umgehen.
Da dreht sich Simone um und kitzelt ihn fast überfallartig am ganzen Körper: „Und jetzt sag mal was!"
Das Kitzeln löst ein klein wenig seine festgefahrenen Gedanken und auch endlich seine Zunge: „Ich verstehe einfach nicht. Was ist denn plötzlich los?"
„Ich weiß doch auch nicht. Ich habe noch nie mit einem anderen Mann als Günther ... Ich weiß nicht, ob es richtig ist. Ich bin ganz verwirrt. Sei halt nicht so traurig!"

„Soll ich gehen?" Thomas ist nicht nur enttäuscht, er ist verärgert und deshalb auch beleidigt.
„Nein, bleib bitte da!"
„Aber was soll ich hier?"
„Meine Nähe spüren!"
„Aber du willst doch nicht!" Noch immer ist Thomas bockig und will nicht so recht einlenken, obwohl er sich trotz allem nichts Schöneres vorstellen könnte als eng umschlungen neben ihr zu liegen.
„Doch, ich will deine Nähe, aber ich weiß nicht, ob es richtig ist, wenn du mit mir schläfst." Simone gelingt es besser, sich in dieser Situation zu artikulieren.
„Wie? Ich mit dir schlafen?" Thomas' Stimme klingt etwas schrill, aber er redet wenigstens weiter und öffnet sich dadurch ein wenig. Wieder wäre er am liebsten ohne Worte davon gegangen. Mit all seinen Gefühlen und den vielen Monologen und Szenen, die nicht aus ihm raus können und ihn deshalb ruhelos wegziehen wollen. „Wie kann ich mit dir schlafen, ohne dass du mit mir schläfst? Natürlich wäre es nicht richtig, wenn ich dich zwingen würde. Wenn nur ich wollte. Willst du nicht mit mir schlafen?"
„Doch, irgendwie schon. Aber dann denke ich an Günther und ich kann nicht ..."
„Na, dann gehe ich eben, ich zwinge dir doch nichts auf!" entgegnet Thomas aufgebracht.
„Bleib bitte, Thomas, lass mich jetzt nicht allein. Ich möchte, dass du bei mir bist und dass du mich verstehst. Ich will dich nicht verletzen. Es tut mir so leid, aber bleib da!" Simone überredet Thomas mit einem sanften Kuss auf seine linke Wange.
„Also gut, aber findest du nicht, dass es ziemlich warm hier ist", grinst Thomas schon wieder etwas versöhnlicher und

versucht, von Simones Schlafanzug zumindest das Oberteil auszuziehen. Simone hilft ihm dabei.

Sie haben sich in dieser Nacht lange und immer vertrauter unterhalten. Simone über Günther, dem sie vertraut und eigentlich alles erzählt. Dann über Eifersucht und Treue. Thomas über Leonie, die er manchmal so sehr vermisst. Selten hat sich Thomas jemandem so nahe gefühlt. Selten hat Thomas eine Nacht so intensiv erlebt wie diese. Immer wieder kuscheln sie sich eng aneinander, lächeln sich an und fühlen sich so wohl, dass beide letztlich nicht, auch nicht miteinander, geschlafen haben in dieser Nacht.

22. November

Blaukirchener Nachrichten

Wie aus gut informierten Kreisen zu erfahren war, führt die angeschlagene Brosinski AG Gespräche mit Finanzinvestoren. Der Betriebsrat des größten Arbeitgebers der Region macht sich ernste Sorgen um den Erhalt der Arbeitsplätze. Wir haben mit dem Betriebsratsvorsitzenden, Egon Müller, darüber gesprochen:

Herr Müller, was sind eigentlich Finanzinvestoren?

Kurz gesagt, kaufen Finanzinvestoren Firmen, um sie bald darauf mit Gewinn weiter zu veräußern.

Wie gehen diese Finanzinvestoren dabei vor?

Rücksicht auf Menschen, Regionen oder Traditionen nehmen die meist amerikanischen Finanziers nicht. Wie Mücken saugen sie aus den Betrieben das Geld. Leidtragende sind die Menschen. Tausende von Arbeitsplätzen gehen verloren.

Das klingt ja unglaublich brutal. Warum tun sie das?

Die Finanzinvestoren wollen eine Rendite, die höher ist als bei anderen Formen der Kapitalverwertung. Die bisher öffentlich genannten Renditen liegen zwischen 15 und 40 Prozent pro Jahr.

Wie soll das funktionieren?

Die Investoren unterwerfen das Unternehmen einem kurzen Verwertungszyklus von drei bis fünf Jahren. Dabei geht es vor allem um Kostensenkung. Für seinen rabiaten Verwertungszyklus braucht der Finanzinvestor Verbündete. Die bisherigen Geschäftsführer und Bereichsleiter werden mit etwa fünf Prozent am Unternehmen beteiligt. Eine einfache Faustregel lautet: Der Kaufpreis muss möglichst unter dem Firmenwert liegen. Nach drei bis fünf Jahren verkauft der Finanzinvestor das Unternehmen zu einem wesentlich höheren Preis als dem Kaufpreis. Die Finanzinvestoren zielen auf schnellen Superprofit. Sie zehren die vorhandene betriebliche Substanz aus, insbesondere in guten mittelständischen Unternehmen. Sie vernichten Arbeitsplätze. Unter den Beschäftigten herrscht ein Angstregime. Betriebsräte, die sich Medien gegenüber kritisch äußern, werden wegen Geschäftsschädigung gnadenlos verfolgt.
Was wollen Sie dagegen unternehmen?
Wir müssen alles tun, um eine Übernahme der Brosinski AG nach diesem Muster zu verhindern. Aus diesem Grund werden wir eine Protestkundgebung vor dem bayerischen Wirtschaftsministerium organisieren. Es kann auch für die Politik nicht hinnehmbar sein, dass durch solche Machenschaften eine ganze Region ihre Arbeit verliert."
Herr Müller, wir danken für das Gespräch.

Der alt-ehrwürdige *Bayerische Hof* in München: holzvertäfelte hohe Decken, alte Spiegel, an manchen Stellen schon erblindet, alte Polstermöbel, in die man tief versinkt, und alles von alten Kristallleuchtern in gelb-weiches Licht getaucht.

Zu der Dreiergruppe – mit Matthias Adler, André Martini und Fritz Sachs –, die sich vor drei Wochen am Frankfurter Flughafen getroffen hatte, ist noch Jeff Moser von GLOBAL ELECTRIC gestoßen, zusammen mit einem Dr. Furtner. Es geht wieder um die BROSINSKI AG.

Martini präsentiert, perfekt jede Bewegung und jedes Wort balancierend, den bisherigen Sachstand: „Der in der Öffentlichkeit relativ unbekannte Finanzinvestor PRIME FUND hat wohl ein Angebot an die BROSINSKI AG gemacht. PRIME FUND ist ein Finanzinvestor aus der zweiten Reihe, der eher die weniger öffentlichkeitswirksamen Übernahmen liebt. Das erleichtert die Abwicklung der von ihnen übernommenen Firmen. Fritz Sachs hat in Erfahrung gebracht, dass wohl folgendes Angebot auf dem Tisch liegt: Der PRIME FUND kauft den größten Teil der Anteile der Familie Brosinski mit einem Abschlag von zehn Prozent zum aktuellen Börsenkurs."

Als sein Name genannt wird, lächelt Sachs gequält in die Runde, ohne jemandem richtig in die Augen zu schauen, sagt aber nichts. Nur Adler registriert das, sagt aber auch nichts. Die anderen sind bei Martini, der seinen Redefluss derweil nicht unterbrochen hat. „Der Börsenkurs hat sich seit Bekanntwerden der Krise in den letzten zwei Wochen von über fünfzig Euro pro Aktie mehr als halbiert, Tendenz anhaltend fallend. Für die Familie ist dieses Angebot in ihrer momentan hilflos scheinenden Situation schon eine schwer zu schluckende Kröte. Die Tatsache, dass sie noch einen

Restbestand an Aktien, der allerdings unter fünf Prozent liegen wird, behalten kann, dürfte die Schluckbeschwerden kaum lindern.

Gleichzeitig würde der PRIME FUND über eine Kapitalerhöhung von vier Millionen neuen Aktien hundert Millionen Euro Eigenkapital in die BROSINSKI AG einbringen. Damit wird die Eigenkapitalquote wieder auf über dreißig Prozent erhöht, die wichtigste Kreditbedingung ist wieder eingehalten und die Forderung der GERMAN PROFIT erfüllt. Deren Kredite bleiben dann bestehen.

Den freien Aktionären wird ebenfalls ein Verkaufsangebot unterbreitet. Insgesamt würde der PRIME FUND nach dieser Transaktion also über neunzig Prozent der Aktien besitzen.

Für zweihundert Millionen Euro ein Vermögen, das vor vier Wochen noch über eine halbe Milliarde Euro wert war."

Martini lehnt sich triumphierend zurück. Er weiß, dass er über viele Kanäle mehr Informationen zusammengetragen hat, als Straw oder Jeff Moser jemals erwarten durften, und er hat diese bisher knapp und übersichtlich dargestellt. Er ist sich sicher, dass er in der neuen Konstellation eine ihm angemessene führende Rolle einnehmen wird.

Die einzige Gefahr würde von Jeff Moser drohen, sein skrupelloser Ehrgeiz war schon damals bei MCKINLEY legendär. Martini fährt fort: „Die Familie hält vom Angebot des PRIME FUND oder ähnlichen Finanzinvestoren gar nichts. Sie will grundsätzlich die Kontrolle über das Lebenswerk des alten Brosinski behalten und glaubt, dass sie die Krise alleine meistern kann."

Adler hört Martini reden, konzentriert sich aber nicht unbedingt auf seine Worte und schaut in die Runde. Zu Sachs, der mit leerem Blick einen imaginären Punkt neben Martini anstarrt. Zu Jeff Moser, der mit seinem eher runden, braun gebrannten Gesicht zu Martini hin lächelt. Zu diesem Dr. Furtner, dem eine hagere Statur und ein schmal geschnittener Kopf mit grau melierten Haaren ein aristokratisches Aussehen verleihen. Er wirkt interessiert und doch distanziert.

Martini monologisiert derweil weiter: „… sie sind fest davon überzeugt, dass die Firma nach der Übernahme eines Finanzinvestors relativ schnell filetiert und zerschlagen wird. Die aktuelle politische Diskussion in Deutschland stärkt, wie Ihnen ja bekannt ist, diese Position enorm. Soweit wir aber wissen, sieht Professor Voss keine andere Möglichkeit, als einen starken Partner mit ins Boot zu nehmen. Denn alle Brosinskis stehen ohne das Firmenvermögen privat katastrophal da, haben ein vollkommen überschuldetes Immobilienvermögen. Ohne Dividenden oder sonstiges frisches Geld können die Darlehen, die zumeist bei der GERMAN PROFIT laufen, nicht bedient werden. Dr. Silbereisen von der GERMAN PROFIT droht, die Firmenkredite fällig zu stellen, wenn nicht schnellstmöglich frisches Kapital in die Firma kommt, um deren Überleben nachhaltig zu sichern. Professor Voss ist also für die PRIME FUND-Lösung, nicht aus Überzeugung, sondern weil er andernfalls einen persönlichen Bankrott der Familienmitglieder und gleichzeitig um den Bestand der BROSINSKI AG fürchtet. Voss lässt sich von einer relativ unbekannten und kleinen Kanzlei, Meyer & Schöngeist, beraten. Die beiden Jungs sind zwar sehr zurückhaltend, scheinen aber extrem pfiffig zu sein.

Prinzipiell ist allen, auch Bernard Straw, unverständlich, warum die GERMAN PROFIT einen so großen Druck macht. Und weil dieses Verhalten nicht ganz transparent ist, lässt es viel Raum für Spekulationen über mögliche Handlungsalternativen. Es wird unter anderem vermutet, dass Dr. Silber-

eisen unbedingt eine weitere Einflussnahme vom jungen Brosinski auf die Firma verhindern will. Michael Brosinski riecht anscheinend den Braten, und für ihn sind, genauso wie für den Rest der Familie, Silbereisen und die GERMAN PROFIT ein rotes Tuch."
Martini fährt fort. „Wir haben in den letzten Wochen – auch dank Ihrer Hilfe – im Auftrag von Bernard Straw intensiv recherchiert. Offensichtlich scheinen einige Probleme bei der BROSINSKI AG wirklich nur vorübergehender Natur. Die neue Software liefert keine zuverlässigen Monatszahlen, dies verstärkt die Orientierungslosigkeit der Führungsmannschaft bei den eigentlich ganz normalen Problemen der zahlreichen Produkteinführungen und äußert sich in teilweise chaotisch und hilflos wirkenden Steuerungsmaßnahmen."
Martini hat sich selbstverliebt in Details verstiegen, aber trotzdem nicht den Überblick verloren. Seiner Wichtigkeit bewusst, übergibt er an Jeff Moser, der die restlichen Ausführungen übernimmt:
„Straw meint, dass mit einem starken Management der Laden bei der gegebenen Marktposition zukünftig wieder ordentliche Gewinne abwerfen kann, und könnte sich vorstellen, die Mehrheit zu übernehmen. Diese Transaktion will er aber auf keinen Fall offen durchführen. Brosinski ist Zulieferer für GLOBAL ELECTRIC, und Straw will aus Wettbewerbsgründen auf keinen Fall den Konkurrenten von Brosinski, die Fauner GmbH, die zu dreißig Prozent für GLOBAL ELECTRIC liefert, oder gar das Bundeskartellamt hellhörig machen. Für solche Zwecke hat er über eine nicht durchschaubare Beteiligungskette schon lange die Kontrolle über die EUROPEAN INVESTMENT TRUST kurz EIT, erlangt, ein amerikanischer Finanzinvestor, der vor allem auf europäische Beteiligungen spezialisiert ist. Ich möchte Ihnen deren

Vorstandsvorsitzenden, Dr. Furtner, vorstellen. EIT wird auf Grundlage der jetzt vorliegenden Informationen ein Angebot abliefern, das mit Sicherheit um einiges attraktiver als das des PRIME FUND werden wird."

23. November

„Na, du schaust aber zerknautscht aus. Fast noch schlimmer als Jean, der hat sich eben mit leidender Miene einen Kaffee von mir bringen lassen, extra stark, nur mit Zucker. Auf keinen Fall Milch. Was habt ihr denn gestern getrieben?"

Ganz sicher ist sich Thomas nicht, ob Karins Stimme mitfühlend ist oder ob da ein leicht ironischer Unterton mitschwingt. Aber auch auf diese Überlegung kann sich sein brummender Kopf nur schwer konzentrieren und so antwortet er einfach:

„Bring mir bitte erst auch so einen Kaffee. Ruf aber vorher den Kittel an und sag ihm, dass ich irgendwie verhindert bin. Natürlich nicht irgendwie, sondern wegen eines wichtigen Mandats. Und vielleicht auch den Baumann. Der wollte um elf Uhr kommen. Da geht's um den Vergleichsvorschlag mit seinem Generalunternehmer in der Sache Schrannenplatz."

Karin bringt mit dem Kaffee auch gleich zwei Aspirin. Sie ist einfach ein Schatz. „Gib mir noch eine Viertelstunde. Ich hol mir meine Mails, dann erzähl ich dir."

Er freut sich, und das lindert seinen Kopfschmerz, als er unter den Mails den Absender *monika.gross@...* ausmacht. Die hebt er sich für nachher auf, wenn der Kaffee und das Aspirin den Restalkohol aus seinem Hirn vertrieben haben. Er hatte sich nach der zweiten Mail tatsächlich mit Monika verabredet. Letztlich überwog die Neugierde, die ihn an einem Sonntag in ein kleines Dorf in die Nähe von Frankfurt fahren ließ. Monika hatte für das Treffen einen Wanderweg im Taunus vorgeschlagen. Dieser Vorschlag siegte über seine Abwehrhaltung angesichts des vorangegangenen postali-

schen Frontalangriffes. Thomas ist nervös. Nach der unverblümten Offenheit des Briefwechsels ist die direkte Nähe zueinander erst mal beklemmend. So eine Situation hat er noch nie erlebt und bei der Hinfahrt auf der Autobahn hat er sich innerlich oft gescholten, was er denn hier wieder für einen Blödsinn mache. Gott sei Dank kommt kurz nach Aschaffenburg die Sonne durch das frühwinterliche Novembergrau, das ihn seit Würzburg durch den Spessart begleitet hatte. So beginnt der Spaziergang im sonnenlichten Wald bei heiterer Stimmung. Beide blödeln sie herum, um die Stimmung zwischen ihnen zu entkrampfen. Trotz seiner Nervosität und dem belanglosen Gerede genießt es Thomas, neben dieser schönen Frau zu gehen. Sie nimmt ihn bei der Hand. So recht weiß er aber nicht, was er Sinnvolles sagen soll. Er überlässt ihr die Initiative, doch auch sie findet nicht den rechten Einstieg. Ganz anders als bei ihren zwei frechen Mails, ist sie jetzt zurückhaltend, ja geradezu schüchtern. Allerdings ist die Stimmung nicht unangenehm. Monika erzählt von der Uniklinik in Mainz, wo sie seit ein paar Monaten als Ärztin in der Kinderchirurgie arbeitet. Davor sei sie in der Kinderklinik der Städtischen Kliniken Frankfurt-Höchst gewesen. Thomas findet das ungleich spannender als seine berufsbedingten Streitigkeiten, die er selten schlichten kann, weil seine Parteilichkeit erkauft wird. Das Gespräch über ihren Alltag lockert die Stimmung. Immer häufiger stoßen sie beim Gehen mit ihren Oberarmen zusammen. Thomas blinzelt gegen die tiefstehende Novembersonne und fühlt sich pudelwohl. Sie gehen noch in ein nettes Lokal mit Blick auf den Feldberg Kaffee trinken.
Plötzlich wird Monika ernst. Thomas fragt verunsichert, was denn los sei. Nach einigem Herumdrucksen erzählt sie von einem kleinen Mädchen, Elena, das in ihrer Klinik in

Frankfurt vor ein paar Monaten an Masern gestorben war. Eine traurige Geschichte. Und sie glaubt, dass sie mitschuldig sei, weil sie nicht schnell genug richtig reagiert hätte. Zu dem schlechten Gewissen kommt jetzt ein Prozess gegen sie, Schadensersatzforderungen und all diese Sachen.
„Als wenn damit ein Mensch wieder lebendig werden würde!" Das war auch der Grund, warum sie die Stelle gewechselt hatte. Thomas nimmt bestürzt ihre Hand, empfindet aber gleichzeitig so etwas wie Freude, weil sie ihm ihr Vertrauen schenkt ...
Karin, die mit der Unterschriftsmappe ins Büro kommt, reißt Thomas aus seinen Tagträumen.
„Jetzt erzähl doch endlich mal!", fordert sie ihn auf.
Thomas fasst sich an den Kopf, schaut leidend an die Decke und fängt mit heiserer Stimme an:
„Gestern Abend waren Jean und ich im 'Alten Schlössel', haben mal in aller Ruhe auf die Einigung bei Kormann & Rüders angestoßen, die Details unseres neuen Auftrages von Brosinski besprochen, gut gegessen und sind fast in einem seltenen, aber auch selten guten Barolo ertrunken. Der Wirt wollte uns zum Schluss schon rausschmeißen, wahrscheinlich, weil er keine Flasche mehr im Keller hatte. Ich war mit Jean schon lange nicht mehr so unterwegs. Seine drei Kinder lassen ihm auch wenig Zeit, aber es tut gut, sich mit ihm zu unterhalten. Er versteht schnell, wir sehen die Dinge ziemlich gleich, allerdings geht er geradliniger drauf zu ... Es hat richtig Spaß gemacht!" Thomas hat immer hastiger und schneller geredet und macht plötzlich eine Pause, als würde er über das Gesagte nachdenken müssen. Dabei bleibt aber sein Blick einen kurzen Moment in einer endlosen Ferne, bis er sich wieder einen Ruck gibt: „So, jetzt wieder an die Arbeit!"

„Aber sag mal, Thomas, gibt's noch was anderes?"
„Was anderes? Das reicht doch wohl. Mehr gibt's da nicht."
„Nein, ich meine nicht das. Sondern bei dir. Gibt es wieder eine Frau in deinem Leben? Du wirkst in den letzten Tagen so beschwingt." Dann lacht sie: „Heute natürlich nicht! Ich meine, insgesamt bist du nicht mehr so niedergedrückt wie im Sommer."
„Später mal. Vielleicht gehen wir wieder mal ins 'Maxims'. Es war doch ein schöner Abend damals. Dann erzähl ich dir."

André Martinis Freundin, Elvira Stein, ist Schauspielerin mit einem Engagement in Wien. Auf der Durchreise dorthin besucht sie ihn in Blaukirchen. Eine gute Gelegenheit für Martini, sich Michael Brosinski zu nähern. Dessen Frau Heike ist Lokalredakteurin bei den Blaukirchener Nachrichten und, soweit er weiß, wäre sie lieber Feuilletonredakteurin bei einer großen Zeitung. Mit der Firma will sie nichts zu tun haben, so dass Martini sie offiziell kaum zu Gesicht bekommt. Sie wird aber bestimmt einer Verabredung mit einer angehenden Burgschauspielerin zugetan sein. So arrangiert er einen gemeinsamen Abend in einem exklusiven Restaurant. Er will die Stimmung bei Brosinski junior ausloten und ganz beiläufig auf die Gerüchte, die einen möglichen Einstieg der EIT betreffen, zu sprechen kommen. Der halboffizielle Anlass ist aber, dass Martini mit seinem Chef auf das glänzende Ergebnis seines profit-centers, das als einziges in diesem Jahr einen positiven Beitrag für das Konzernergebnis liefern wird, anstoßen will. Martini hat mit seinen knapp 500 Mitarbeitern zwar nicht die größte Sparte, allerdings mit den innovativen Produkten, zukunftsweisende Regelungssysteme, die bei weitem modernste und leistungsfähigste. Ohne diese aktuelle leidige Krise hätte sich Martini schon als zukünftigen Vorstand gesehen. Doch jetzt macht er vielleicht noch mehr daraus.

Das Restaurant ist in einer Burg untergebracht. Die dicken alten Mauern, ästhetisch anspruchsvoll restauriert, bieten so etwas wie Schutz vor der normalen Alltagswelt, die man wie seinen Mantel am Eingang abgibt: Festlich gedeckte Tische, angenehme Beleuchtung und die nicht allzu servil wirkende Freundlichkeit des Obers tun ihr Übriges, so dass an diesem Abend die Sorgen um die Firma weit weg sind.

Der Sommelier empfiehlt zum ersten Gang einen etwas unüblichen süßlich-schweren Weißwein. Zu den Flusskrebsen, mit denen das Menü beginnt, trinken und plaudern sie sich in eine heitere Stimmung. Heike gibt die Vorführung der Dreigroschenoper durch ein Gastspielensemble zum Besten und betont mehr als einmal, dass das provinzielle Blaukirchener Stadttheater natürlich nur ganz bescheiden höhere kulturelle Ansprüche befriedigen könne. Ein mehr als dürftiger Ersatz für die große Theaterwelt in Berlin oder Wien und ihr Opfer für Michael, ohne den es bei der BROSINSKI AG ja leider nicht geht.

Bei Spaghettini mit Zucchinisoße, es wird zu einem leichten Primitivo aus Apulien gewechselt, entwickelt sich zwischen den Männern ein anderes Thema. Beim Stichwort Berlin kommt Brosinski auf seine Berliner Zeit zu sprechen, wo er vor seiner jetzigen Position zwei Jahre lang bei einem namhaften Unternehmensberater gearbeitet hat. Martini wiederum erzählt von seiner Zeit bei MCKINLEY, den happy hours, wo sich die jungen, sehr fein gekleideten Unternehmensberater nach einem Zwölfstunden-Arbeitstag gegenseitig bei einem Bier mit ihrer Wichtigkeit für die internationale Wirtschaftswelt brüsteten. Er erwähnt ganz beiläufig seinen

damaligen Kollegen, Herrn Dr. Furtner, der selten dabei war, weil er meistens bis spät in die Nacht arbeitete. Er leitet heute einen Investmentfonds. Martini will im Gespräch schnell weiterspringen: „Und da gab es noch diesen Seeberger, der heute ..."
„Sie kennen Dr. Furtner?", unterbricht ihn Michael Brosinski.
„Ja, er ist sogar so etwas wie ein Freund gewesen. Ich habe ihn aber nach meiner Zeit bei MCKINLEY etwas aus den Augen verloren."
„Und Ihr Eindruck von ihm war positiv?"
„Ja klar, er arbeitete äußerst fleißig und hart, war aber auch immer extrem fair."
„Kennen Sie diesen Fonds, für den er jetzt arbeitet?", fragt Brosinski neugierig weiter.
„Nein, eigentlich nicht, EIT heißt er, und ich glaube, er ist auf Unternehmensfinanzierung spezialisiert, aber so, wie ich Furtner kenne, kann es nur eine der besten Adressen sein. Der gibt sich nicht mit Zweitklassigkeit zufrieden. Da muss man in dieser Branche schon vorsichtig sein, schließlich gibt's ja eine Menge schwarzer Schafe, die oft mit sehr zweifelhaften Methoden arbeiten. Interessiert Sie das?"
Martini nimmt die fast unmerkliche Kopfbewegung als zustimmendes Nicken und fährt fort: „Ich kann bestimmt ein Gespräch vermitteln. Wäre für mich eine gute Gelegenheit, einen alten Kontakt aufzufrischen. Seine Visitenkarte habe ich zum Glück noch. Ich weiß ja nicht, aber vielleicht wäre das für die Firma in der jetzigen Verfassung ein möglicher Weg?"
„Nein, lassen Sie mal. Das schaffen wir schon allein, ohne solche Finanzkannibalen", wehrt Brosinski ab.
„Na, da haben Sie aber einen falschen Eindruck. Dr. Furtner

ist kein Kannibale, der ist ein Finanzgenie. Der hat in unserer gemeinsamen Zeit bei MCKINLEY einigen Unternehmen aus der Krise geholfen!"

Der Hauptgang wird aufgetragen, weder Brosinski noch Martini wollen an das Thema anknüpfen, sondern greifen das Berliner Fremdwort 'Sperrstunde' auf, um mit den beiden Frauen über das dortige Nacht- und Kulturleben zu sprechen.

Beim Abschied drückt Martini seinem Chef seine Visitenkarte von Dr. Furtner in die Hand: „Da ist seine Durchwahl drauf. Vielleicht können Sie sie ja brauchen."

24. November

Am nächsten Morgen brütet Thomas schon seit einer guten Stunde über dem letter of intend des PRIME FUND, der ihm noch gestern Abend per Kurier zugestellt wurde. Warum haben die ihn nicht einfach per Mail geschickt? Das würde doch auch seine Überarbeitung vereinfachen. Es ist noch nicht lange hell, und er ist froh, dass es in seinem Büro angenehm warm ist, wenn er ab und zu aus dem Fenster in das neblig-trübe Grau draußen schaut. Eigentlich eine angenehme, schon fast gemütliche Stimmung zum Arbeiten. Er steht gerne früh auf und spürt den Tag erwachen, wenn die Geräusche langsam anschwellen, immer mehr Menschen, oft noch müde, aber geschäftig, auf der Straße auftauchen und das graue Novemberlicht nur schwerfällig die Winternacht verscheucht. Dazu den warmen Milchkaffee …

„Guten Morgen", ruft Karin, heute besonders gut gelaunt, während sie gleichzeitig klopft und die Tür aufreißt. „Na, gut geschlafen?" Eine rhetorische Frage, die wohl nur die gleiche Gegenfrage provozieren soll, deren Antwort ihr aber schon von weitem aus ihren Augen strahlt. Thomas grummelt nur einen Morgengruß und lächelt zurück, allerdings nicht ganz so strahlend. Er freut sich immer, Karin zu sehen, nicht nur weil sie wirklich sehr hübsch ist und ihr sonniges Wesen in einem Körper ruht, dessen Formen und erotische Ausstrahlung seinesgleichen suchen. Sie ist ihm mit den Jahren vertraut geworden. Eine Vertrautheit, die auch nach einer gemeinsam verbrachten Liebesnacht vor etwa einem Jahr nicht gelitten, ja sogar noch gewonnen hat, auch wenn sie seither, wie übrigens auch davor, keinen intimen körperlichen Kontakt mehr hatten. Thomas hat diese Nacht in angenehmster Erinnerung und weiß dies auch von Karin.

Die körperliche Vereinigung jener Nacht steht nicht zwischen ihnen, sondern verbindet beide noch mehr. Kein one night stand, nach dem sich die Augen der vermeintlich Liebenden vor Scham nicht mehr begegnen können.
Sie bringt Thomas die Post und ist mit ihrem Strahlen auch schon wieder verschwunden.
In dem Packen entdeckt Thomas einen Brief von Simone. Ein Brief von Simone? Noch nie hat er einen richtigen Brief von ihr bekommen. Warum schickt sie denn per Post eine Antwort auf seine kurze Mail, die er ihr nach jener schlaflosen Nacht, als sie ihn wegen Harry nicht sehen mochte, zugesandt hatte:

Glück
nicht in dieser Nacht geboren
aber alles verloren

Hastig reißt er den Briefumschlag auf und wundert sich über die wenigen Zeilen:

Lieber Thomas,
unser neuer Prospekt ist, wie du siehst, endlich fertig.
Wie findest Du ihn? Du kannst ihn gerne an Deine
Mandanten weitergeben, vielleicht braucht ja einer noch
kompetentes Führungstraining?

Liebe Grüße
Simone

Das ist nun wirklich keine Antwort auf ... Was war das eigentlich? Vorwurf? Finale Anklage? Warum sagt sie dazu nichts? Und er blättert in der zweimal gefalzten kleinen

Broschüre. Schick gemacht, denkt er sich und liest die Kurzbeschreibung unter ihrem kleinen Portrait. Dabei fällt ihm auf, dass er kein Foto von ihr hat. Na ja, jetzt hat er eins, so wie Tausende andere aber auch.

Dr. Simone Rothe
Diplom-Psychologin
Jahrgang 1970
Studium in Mainz
Promotion in Albany, NY
Organisationsentwicklung Lufthansa
Leiterin Personalwesen BASF

Das Foto trifft sie gut, ihre langen braunen Haare, die so elegant hochgesteckt sind, ihr schlanker, anmutiger Hals, der einen südländisch wirkenden Kopf trägt. Das Foto zeigt nicht ihren schlanken Körper, kann ohnehin nicht ihre kleinen, süßen Brüste abbilden. Das sympathische Lachen ist für den Fotografen und ihre Zielgruppe. Ihn hat sie offener angelacht und damit verzaubert.

Gerne würde er jetzt mit ihr zusammen sein, sich von ihrem Lachen wieder einfangen lassen und dabei gar nicht mehr voller Zweifel an Harry denken müssen.

Wer ist dieser Harry? Was macht sie mit ihm? Lacht sie ihn genauso an? Und während er an ihn oder auch an sie denkt, kommt in seinem Computer eine Mail an.

Simone.Rothe@...

Er spürt sein Herz schneller schlagen und seine Achseln feucht werden. Und doch öffnet er sie nicht gleich. Vielmehr geht er ins Vorzimmer zu Karin, plaudert irgendetwas Belangloses. Oder hat er sie doch noch gefragt, wie sie geschlafen hat? Er holt sich einen Kaffee, schaut in Jeans Büro, um festzustellen, dass der nicht da ist, was er ohnehin weiß. Er will am Nachmittag direkt von München nach Blaukirchen kommen. Um diese Zeit ist auch ihr neuer Juniorpartner Klaus Hanstein noch nicht im Büro, genauso wenig wie Jeans Assistentin Cordula Krause. Also setzt er sich wieder an seinen Schreibtisch und liest die Mail.

Lieber Thomas,
ich brauchte wieder mal etwas länger, um Dir nun endlich zu antworten.
Dabei könnte ich anführen, dass ich sehr wenig Zeit hatte, viel unterwegs war. Wir haben nach der Durststrecke Anfang des Jahres glücklicherweise wieder einige Aufträge bekommen, aber leider alle fast gleichzeitig. Das Führungskräftetraining für das Top-Management des Energiekonzerns ist dabei besonders wichtig. Für uns ist dies ein Quantensprung in eine andere Liga. Das ist zunächst mal sehr spannend mit diesen wichtigen Managern und ist für uns auch finanziell sehr, sehr lohnend. Aber das ist es nicht, das tut jetzt nichts zur Sache.
Ich brauchte länger, weil mich Deine wenigen Zeilen schwer getroffen haben und ich mir auch einige Zeit überlegen musste, wie und was ich Dir antworten kann. Je länger ich überlegte, desto intensiver standen Deine Worte im Raum und desto weniger war ich in der Lage, einfach zum Hörer zu greifen, um Dir zu erklären. Aber was gibt es schon zu erklären? Wofür sollte ich mich rechtfertigen? Trotzdem tut es mir unendlich leid, Dich verletzt zu haben.
Nachdem Du wegen Hamburg (Hamburg!) schon verplant warst, habe ich mich mit Harry verabredet. Es

wäre unfair gewesen, wieder abzusagen. Ich sehe ihn nur
ganz selten und die Gelegenheit war so selbstverständlich, weil er in der Nähe von Nürnberg zu Hause ist.
Ich war in dem Moment, als Du angerufen hast und
Dich für diesen Abend nun doch verabreden wolltest,
einfach zu überrascht. Ich weiß nicht, wie ich reagiert
hätte, wenn ich länger hätte überlegen können.
Natürlich hätte ich Dich gerne gesehen und inzwischen
ärgere ich mich, dass es nicht geklappt hat. Vor allem,
da wir die nächsten Wochen doch wieder ziemlich
verplant sind. Ich möchte aber auch, dass Du verstehst,
dass mir immer wieder Menschen begegnen, die mir
wichtig werden oder auch sind. Das ist ganz einfach so.
Ich ärgere mich nicht nur, ich bin auch traurig. Traurig,
weil wir uns nicht sehen konnten und traurig, weil ich
Dich verletzt habe. Das wollte ich nicht. Wie gesagt, es
war mit Harry dann einfach ausgemacht und ich habe in
dem Moment nicht allzu viel nachgedacht. Dabei bin ich
so erfüllt von Sehnsucht nach Dir, die mich jetzt im
Moment, wo ich dies schreibe, immer mehr packt. Wie
gern würde ich Dich jetzt spüren, Dich einfach an mich
drücken, oder auch Durchkitzeln, wenn Du so traurig
an uns zweifelst und vielleicht auch ins nächste Wasser
werfen, damit Du wieder aufwachst und an unsere
schönen Momente denkst, die ich für immer mit mir
tragen werde.
Es kann doch nicht sein, dass Du dies alles wegen Harry
in Frage stellst.
Komm, wach wieder auf, verkriech' Dich nicht in
Deiner Einsamkeit. Wir finden sicher demnächst wieder
eine Gelegenheit, uns zu sehen.
Simone

Am Nachmittag treffen sie sich wieder in Peters Büro in Blaukirchen. Auch Jean ist dabei. Noch nie hat Thomas Professor Voss so aufgeregt erlebt, seine so wohl überlegte, ruhige Art löst sich in einem stark errötenden Gesicht auf, seine Nase leuchtet noch intensiver als bei dem letzten Treffen: „Meine Herren, ich fühle mich wie in Kapitulationsverhandlungen nach einem verlorenen Krieg. Alles, was wir tun können, ist Kosmetik. Und doch werden sie daheim glauben, wir haben sie gedolchstoßt. Wir haben nichts, was wir in die Verhandlungen mit EIT oder PRIME FUND werfen können, um noch einmal Entscheidendes für uns rauszuholen. Wir müssen die vorgeschlagene Lösung akzeptieren, einfach, weil es keine wirklichen Alternativen gibt. Nun, da können wir nur versuchen, mit Anstand durchzugehen."
„Aber wo ist eigentlich der Haken?", fragt Jean. „Schließlich ist es doch nun mal so, dass die BROSINSKI AG mit einer äußerst dünnen Eigenkapitaldecke keine Erträge generiert. Letztlich ist doch klar, dass dieses Unternehmen ohnehin der Bank gehört. Ohne die Kredite der Bank oder anderem frischen Geld ist die BROSINSKI AG ja auch nicht lebensfähig. Ich finde vor diesem Hintergrund vor allem den Kaufpreis und die weiteren Konditionen der EIT durchaus nicht unangemessen."
„Nun", fängt Voss wieder zu dozieren an, „EIT wird nichts als ihre kurzfristige Rendite im Kopf haben. Spätestens in fünf Jahren werden sie wieder aussteigen wollen mit dem Ziel, eine zweistellige jährliche Rendite zu erzielen. Sie werden die nicht wirtschaftlichen Unternehmensteile skrupellos abstoßen oder schließen und versuchen, die Ertragsperlen rauszulösen. Auf die Region oder auf Arbeitsplätze werden sie keine Rücksicht nehmen."
„Aber ist das trotz des schlechten moralischen Bei-

geschmacks nicht nur wirtschaftlich vernünftig, sondern letztlich auch für das Unternehmen das Beste, so zu handeln?", gibt Jean zu bedenken. „Letztlich ist die gesamte Schieflage bei Brosinski doch nur dadurch entstanden, weil nicht schnell und konsequent genug gegen Verlustbringer vorgegangen wurde. Und deswegen ist nicht nur das Unternehmen, sondern die ganze Region in Gefahr. Ist das nicht der berühmte Fluch der guten Tat?"
„Das ist sicherlich die eine Hälfte der Wahrheit, Herr Meyer. Ich denke hier grundsätzlich genauso, allerdings sollten wir den Zeithorizont berücksichtigen. Die shareholder-value-Diskussion dieser Tage ist doch deshalb so negativ geprägt, weil manche dieser Manager offensichtlich nur noch das nächste Quartal im Auge haben und dadurch die Sicht auf eine langfristige und nachhaltige Unternehmens- und auch Ertragsentwicklung versperrt wird. So kann es ja durchaus richtig sein, einen Bereich mit Verlusten aus rein strategischen Gründen erst mal mitzunehmen, weil er zum Beispiel auf die anderen Bereiche eine positive Ausstrahlung besitzt. So sehe ich auch unseren Problembereich 'space lab'. Ein Riesenverlust in den letzten Jahren und heute, wo auch andere Abteilungen wenig Ertrag bringen, ein wirkliches Problem. Doch wir dürfen nicht vergessen, wie oft und positiv Brosinski deshalb im letzten Jahr in den Medien erwähnt wurde, als wie innovativ und zukunftsweisend das Unternehmen deshalb dargestellt wurde. Das hat sich positiv auf die Auftragslage des ganz normalen Butter-und-Brot-Geschäftes ausgewirkt. Wer weiß, wie die Wirklichkeit ohne das 'space lab'-Projekt aussehen würde?"
Thomas rutscht unruhig auf seinem Stuhl hin und her und bestätigt die Ausführungen von Voss: „Claus Brosinski hat auch in früherer Zeit ähnliche Projekte langfristig durchge-

zogen. Mein Vater hat manchmal erzählt, wie kritisch oft manche Neuerungen und Projekte im eigenen Unternehmen gesehen wurden. Allerdings sind über die Jahre solche Stimmen mehr und mehr verstummt, weil langfristig die Linie stimmte und alle profitierten."

„Trotzdem", Jean will nicht locker lassen, „in der Situation heute nützt diese langfristige Sichtweise wenig. Ihr kennt doch alle diese kleine Geschichte aus unserem Lesebuch in der Grundschule:
Mama, ich hab so Hunger, spricht das kleine Mädchen zur Mutter. Ja Kind, antwortet diese, wir haben schon das Korn gesät, damit wir Brot backen können.
Letztlich ist das Kind, kurz bevor das Korn geerntet und daraus Brot gebacken werden konnte, verhungert."

„So ist es, Herr Meyer", seufzt Voss, „und deshalb meine ich ja, dass es wenige wirkliche Alternativen gibt. Allerdings sollten wir trotzdem darauf achten, dass wir die kurzfristige Renditegeilheit ..."

Thomas schreckt aus seinen Gedanken hoch, die bei seinem Vater, der Werkzeugmacher in der BROSINSKI AG gewesen war, hängen geblieben sind. „Renditegeilheit", diese Wortwahl hätte er dem alten Voss, der doch immer in aller Contenance gewählt und kontrolliert spricht, gar nicht zugetraut.

"... doch mit etwas langfristigem Kapital untermauern. Und da sehe ich eigentlich unseren einzigen Ansatzpunkt, wirklich etwas für das Unternehmen tun zu können. Es ist richtig, dass die Familie wohl mehr als genug für ihren Anteil, den sie anscheinend verkaufen muss, bekommt. Wir müssen darauf achten, dass die Eigenkapitalbasis nachhaltig gestärkt wird und auch die strategischen Ziele, die ich eingangs erwähnte, zumindest berücksichtigt werden. Schauen wir das Angebot der EIT an: auf den ersten Blick doch dem PRIME FUND sehr ähnlich. Der Unterschied, und der ist meiner Meinung nach fundamental, liegt darin, dass EIT keine Kapitalerhöhung vornehmen will. Stattdessen wollen sie ein Gesellschafterdarlehen einlegen, um die Kreditauflagen der GERMAN PROFIT zu erfüllen. Rein nominal gibt EIT damit das gleiche Geld aus wie der PRIME FUND. Das Darlehen kann aber jederzeit wieder aus der Firma gezogen werden. Und genau dies werden sie auch tun, wenn die Transaktion gelaufen ist. Sollte die GERMAN PROFIT dann wieder auf ihren Kriterienkatalog pochen, wird dies die EIT kaum anfechten, denn die sind wenig erpressbar, ja sie kalkulieren vielleicht sogar damit, dass die GERMAN PROFIT die Kredite fällig stellt und damit die Zerschlagung der BROSINSKI AG einleitet. Dann wäre der schwarze Peter nicht bei einem bösen amerikanischen Finanzinvestor, sondern bei einer deutschen Geschäftsbank. Der Vorstandsvorsitz, den EIT Michael Brosinski zugesagt hat, zielt wahrscheinlich in die gleiche Richtung, denn die kalkulierte Zerschlagung hätte dann er zu verantworten. Und die wird er nicht verhindern können, denn viel mehr Handlungsmöglichkeiten als eine Marionette wird er faktisch wohl kaum haben."

„Und wir haben auch nicht gerade viele Möglichkeiten, solange die GERMAN PROFIT so wenig kooperativ ist", unterbricht Jean. „Warum, zum Teufel, sind die nur so halsstarrig? Aber Silbereisen ist so überzeugt von seinem Weg, und in der Kreditkommission der GERMAN PROFIT scheint es immer weniger Gegenreden zu geben."

„Was Sie sagen, Herr Meyer, ist schon richtig. Die Angebote dieser Finanzinvestoren sind rein ökonomisch gesehen vordergründig in Ordnung. Die haben alles durchkalkuliert und sind doch einigermaßen transparent. Hier können wir auch wenig erreichen. Der Schlüssel liegt nach wie vor bei der GERMAN PROFIT. Warum wollen die unbedingt so schnell eine Investorenlösung? Warum können die nicht noch ein paar Monate ruhig halten und die durchaus nicht unberechtigte Chance abwarten, dass es wieder aufwärts geht? In diesem Fall gäbe es mehr Interessenten und es könnten weitaus bessere Konditionen ausgehandelt werden. Davon würde auch die GERMAN PROFIT profitieren."

„Wir sollten versuchen, näher an Silbereisen ranzukommen!"

Auf der Rückfahrt von Blaukirchen schweigen Jean und Thomas vor sich hin. Und so reden sie auch nicht über den herrlichen Sonnenuntergang, in den Jean mit seinem BMW hinein zu fahren scheint. Jean bricht schließlich das Schweigen, das den beiden anscheinend nicht ganz unangenehm war: „Hast du was gegen Grönemeyer?"

„Neil Young wäre mir lieber!"

„Sag mal, kannst du eigentlich auch mal was anderes hören?"

„Vielleicht schon, aber das spielt nicht die entscheidende Rolle."

„Wie meinst du das?"

„Na ja, früher glaubte ich, dass man Neil Young immer braucht, aber inzwischen denke ich, man kommt die ersten paar Tage auch ohne ihn über die Runden. Aber ich weiß gar nicht, warum ich mir das antun sollte."

„Was ist denn das für ein Spruch?"

„Habe ich in einem Buch gelesen, es heißt: *Das Buch der von Neil Young Getöteten*, unvorstellbar gut, aber wohl nur was für Leute, die die Musik mögen.

„Gibt's da noch mehr von deiner Sorte?"

„Anscheinend", erwidert Thomas grinsend, „vielleicht solltest du dir mal Gedanken machen, wer denn von uns beiden den richtigen Musikgeschmack hat."

„Also gut", Jean lacht, „wenn du dabei bist, höre ich ihn auch gerne. Eigentlich kann ich Neil Young nur mit dir hören und dann macht es komischerweise auch noch Spaß. Ansonsten finde ich, dass er ein Krawallmacher ist, zumal, wenn er mit den Rabauken von Crazy Horse spielt, dieser Garagencombo, die fast so falsch spielt, wie Neil Young singt …"

„Ja", entgegnet Thomas, „ich weiß schon, drei Männer und ebenso viele Akkorde …"

So fahren die beiden Rechtsanwälte nach Westen. Die Sonne ist schon untergegangen, das Schweigen hat sich aufgelöst, und durch die Musik von Neil Young füllt sich das Auto mit einer vertrauten Stimmung. Eine Stimmung, in der Jean eine Frage stellt, die er schon lange auf dem Herzen hat: „Sag mal, Thomas, was machen eigentlich deine Frauen?"

„Meine Frauen!?", ruft Thomas mehr oder weniger entrüstet. „Wie meinst du das denn? Ich habe doch keinen Harem!"

„Du weißt schon, was ich meine!"

„Was denn?"

„Na, ja, seit Leonie hast du doch keine mehr gefunden, mit der du länger zusammen warst."

Thomas zuckt zusammen, als er den Namen Leonie hört. Dann beginnt er zu erzählen, erst stockend, dann immer flüssiger.

Nachdem Leonie aus seinem Leben verschwand, war er wie paralysiert gewesen. Etwas später, als er sich langsam wieder traute, die Begegnungen mit ihr nachzuspüren, erschien sie ihm unwirklich, wie eine Fee, und es gab Tage, da fragte er sich, ob denn die Berührungen ihrer weichen Haut, ob ihre Gespräche, ob ihr Gleichklang jemals mehr als ein Traum gewesen waren. Mehr und mehr machte der anfängliche Alptraum nach ihrem Verschwinden einem warmen, weichen Traum Platz, in den er sich immer wieder mal fallen ließ. Sehnsucht nagte in ihm und an ihm. Diesen Schmerz ließ er aber nur selten zu. Er arbeitete viel, trainierte sich durch tägliches Laufen zu einer guten Form: "Du siehst aber gut aus!" hörte er oft – und gönnte sich jeden Abend eine Flasche teuren Rotwein. Dabei verkroch er sich nicht. Er suchte Gesellschaft, fuhr an Wochenenden zu Wettkämpfen, war stolz, wieder einen Halbmarathon im Vier-Minuten-Schnitt laufen zu können. Abends ging er oft in die Kneipe um die Ecke und gab sich redselig.

Dabei war ihm immer weniger klar, ob die Sehnsucht, die wie ein wildes Feuer in ihm glomm, Leonie galt oder dem Traum, der sich in ihm breit gemacht hatte, im Kopf genauso wie in seinem Unterleib.

Erst verbrachte er viel Zeit mit Eva. Fast jedes zweite Wochenende sahen sie sich, entweder in Nürnberg oder in Würzburg. Sie verstanden sich gut, hatten viel Spaß, Spaß beim Reden und Spaß im Bett. Und doch vermisste Thomas diese gleiche Schwingung, die ihn mit Leonie in diese körperliche und vor allem geistige Erregung versetzt hatte, in diesen Bann, dem er sich nicht entziehen wollte oder konnte.

Trotzdem war er so etwas wie glücklich mit Eva. Sein Leben schien ausgefüllt. Er hatte Erfolg. In ihm brannte ein Feuer, das ihn antrieb, aber ihn auch – nach außen unbemerkt – langsam verbrannte.

Irgendwann wurde ihm klar, dass er so nicht leben konnte. Ab diesem Zeitpunkt wusste er, dass er sich die letzten zwei Jahre mit seinem rastlosen Leben nur etwas vorgemacht hatte und trennte sich von Eva.

„Das habe ich ja irgendwie mitbekommen, aber wie ist es weiter gegangen?", fragt Jean.
„Nicht so toll! Die Richtige habe ich nicht gefunden."
„Und dann hast du gesucht!?"
„Was heißt gesucht? Ich habe halt immer wieder jemanden kennen gelernt."
„Und?"
„Nicht mehr eben. Schöne Frauen, intelligente Frauen, aber nicht die ... vielleicht jetzt ..."
„Vielleicht suchst du nach einer zweiten Leonie?"
Thomas hebt fragend die Schulter. Nach einer langen Pause erwidert er:
„Das kann schon sein, ich weiß nicht recht, ... eigentlich glaube ich nicht ...", stottert er.
„Wie meinst du das?"
„Was soll ich da schon sagen? Irgendwie begegnet man ja immer wieder mal interessanten Frauen und ich fand es schon immer schön, sich da mit treiben zu lassen. Vielleicht auch in ein richtiges Abenteuer hinein."
„Das klingt aber ganz gewöhnlich", erwidert Jean, kurz vom Lenkrad zur Seite blickend.
„Nein, nicht diese Art von Abenteuer. Nach außen hin schaut es vielleicht so aus. Ich meine damit, dass sich neue Welten öffnen, dass man bisher Ungeahntes und Unbekanntes kennen lernt."
„Ist das bei Menschen nicht immer so?"
„Also Jean, schau dir doch die vielen Langweiler oder Langweilerinnen an!"
„Die oft gar nicht so langweilig sind, wenn man sie näher kennen lernt."
„Das stimmt schon, aber ..."
„Erklär' halt mal genauer!", fordert Jean, leicht ungeduldig.

„Ich weiß doch auch nicht so genau, irgendwie fließt das Leben so dahin und dann siehst du eine schöne Frau, die dich interessiert, mit der du zusammen sein willst, die dich vielleicht in unbekannte Sphären entführt. Du denkst dabei nicht daran, wie lange. Das kann morgen schon vorbei sein." Und nach einer längeren Pause fährt Thomas fort: „Vielleicht liegt auch darin der besondere Reiz, wenn es morgen schon vorbei ist."
„Das klingt nach ordinärem one night stand", proviziert Jean.
„Du weißt genau, dass ich es so nicht meine."
„Wie meinst du es dann?"
„Jean, das ist alles so schwer zu erklären, ich weiß doch auch nicht."
„Versuch's halt mal!" Jean lässt wieder mal nicht locker.
„Also, ich versuche es mit einem Beispiel: Kurz vor meinem Abitur hatte eine Schulfreundin von mir eine Brieffreundin aus Frankreich für einige Wochen eingeladen. Die war halt dann überall dabei, wenn wir etwas unternommen hatten. Eine typische Französin."
„Wie?", fragt Jean.
„Du hast Recht, es war die erste Französin, die ich kennen lernte. Für mich war sie eben typisch: kurze Haare, schlanke Figur ... nein, da gab's auch viele Mädchen bei uns, die so ähnlich aussahen. Sie war einfach irgendwie anders, selbstbewusster, großstädtischer. Es fällt mir schwer, das zu beschreiben, irgendwie hätte ich schon gerne mit ihr ... aber andere vielleicht auch, schließlich sah sie einfach gut aus."
„Jetzt stottere doch nicht so rum, irgendwas muss doch gewesen sein?"
„Einmal sind wir mit unserer Clique, so sechs oder sieben Leute, abends von einem Fest heimgegangen. Da bleibt sie

etwas zurück und flüstert mir zu: ‚reste avec moi' und nach vorne schreit sie, dass sie ihre Schnürsenkel zubinden müsse. Kaum waren die anderen in der Dunkelheit verschwunden, umarmt sie mich und küsst mich so, dass ich es bis heute nie vergessen habe. So kannte ich das nicht von den anderen Mädchen. Danach sind wir ab und zu mal spazieren gegangen. So geküsst, wie in dieser Nacht, haben wir uns nicht mehr. Mehr war sowieso nicht damals. Das Beste war aber der Abschied. Den werde ich wirklich nie vergessen: Sie wurde von der Clique zum Bahnhof begleitet. Ich täuschte irgendeine Ausrede vor und fuhr mit meinem VW Käfer zum nächsten Bahnhof. Dort stieg sie noch mal aus und wir hatten eine ganze Stunde für uns alleine, bevor sie wirklich nach Paris abfuhr. Ich weiß nicht, ob du verstehst, da war nichts außer Küssen, von wegen one night stand. Und doch war das Besondere, dass es schon den Hauch des Abschieds in sich trug, dass es keine Sekunde zu versäumen galt und dass wir jede Gelegenheit nützen müssten, sonst wäre es für immer vorbei ..."

Jean fällt nicht viel mehr als ein mehrdeutiges „Mmmhh" ein.

„Überhaupt finde ich", fährt Thomas fort, „dass das Weggehen dem Jetzt, dem Zurückbleibenden, einen besonderen Wert verleiht, denn die Lücke, die bleibt, fällt oft mehr auf, hat mehr Bedeutung, erzählt uns oft mehr als das geschlossene Ganze."

Wieder ein „Mmmhhh" von Jean.

Nach einem Moment des Nachdenkens fügt er hinzu: „Ich glaube, ich beginne zu verstehen, was du meinst. Aber wie war das dann mit Leonie?"

„Bei ihr wollte ich einfach nur bleiben", antwortet Thomas lapidar und knapp. Es klingt wie ein Schlusswort, aber vielleicht liegt es auch daran, dass sie eben die Autobahn verlassen haben und, über Höchberg kommend, das hell erleuchtete Würzburg erreichen.

26. November

BLAUKIRCHENER NACHRICHTEN

> *Sondermeldung nach Redaktionsschluss: Ein unerkläriches Familiendrama erschüttert unser Städtchen Blaukirchen. Ein bisher vollkommen unauffälliger Familienvater hat in der Nacht von Freitag auf Samstag seine zwei Kinder und seine Ehefrau erschossen und hat dann versucht, sich selbst zu richten.*
> *Johann N. war Angestellter der BROSINSKI AG. Erst vor wenigen Monaten hatte die Familie ihr neues Einfamilienhaus im Neubaugebiet Malteserssteig bezogen. Ein Nachbar meint, dass er sich vielleicht übernommen hätte, gerade jetzt, wo die Stellen bei Brosinski nicht mehr so sicher wären.*
> *Eine Nachbarin, die nicht genannt werden will, meinte, dass Frau N. schon seit Wochen ein Verhältnis habe und es deshalb dauernd Streit in der Familie gegeben habe.*
> *Wir werden in der nächsten Ausgabe ausführlich über die Hintergründe dieser unbegreiflichen Tat berichten.*

Thomas legt den Hörer auf. Was Peter ihm erzählt hat, klingt nicht allzu gut. Diese EIT scheint die Nase vorn zu haben und es ist für ihn offensichtlich, dass dies für die BROSINSKI AG eine Zerschlagung zur Folge hätte. Er fragt sich, ob dieser eloquente André Martini damit zu tun haben könnte und ob er wohl noch andere Informanten oder

Handlanger hätte. Irgendwie fühlt sich Thomas verpflichtet, diese Zerschlagung zu verhindern. Schließlich hängen nicht nur fünftausend Arbeitsplätze davon ab, die zwar sicherlich nicht alle verloren gehen, aber die alte Identität, von Brosinski senior mit so viel Energie und unternehmerischen Geschick aufgebaut, ginge dahin. Auch die seines Vaters, der bei der BROSINSKI AG sein Arbeitsleben verbracht hat. Es ist ein bisschen so, als würde wieder mal ein kleines Stück seiner Heimat wegbrechen.

Über diesen Überlegungen ist es wieder spät geworden, schon mehr Nacht als Abend.

Simone hat sich nicht gemeldet. Das schmerzt ihn. Monika will er jetzt nicht anrufen. Er holt sich eine Flasche Wein. Er will Simone eine Mail schreiben und findet den Anfang nicht. Im Kopf hat er nur Sehnsucht und Anklage. Ist es wirklich vorbei? Wegen Harry? Er weiß es nicht und will die Geschichte verdrängen. Doch das will heute nicht so recht glücken. Es gelingt ihm auch nicht, an Monika zu denken, die sich über seinen Anruf freuen würde. Stattdessen ist er in Gedanken bei ihr. Bei ihr? Bei Simone?

Und er kann nicht verhindern, dass sich seine Melancholie mit Frustration mischt und in Schmerz übergeht, in schmerzliche Erinnerungen an Leonie. Heute vermisst er sie wie schon lange nicht mehr. Gerne würde er jetzt mit ihr reden, ein Glas Wein mit ihr trinken. Vielleicht auch einfach nur schweigen, ihr gegenüber sitzen und sich verstanden fühlen. Sich nicht erklären müssen, einfach nur ihre Hand nehmen und sie anschauen, und dann würde alles gut. Leonie, die immer schnell erfasst hat, wie es ihm geht. Der er alles erzählen konnte und die so gut Ordnung in seine Gedanken und sein Leben brachte und die mit ihrem Lachen und kurzen Worten vermeintlich große Probleme in sich auflösen

konnte. Simone hat viel von ihr. Simone ist aber nicht für ihn da. Nicht, wenn er sie braucht, so wie heute. Simone ist für einen anderen da. So wie Leonie für ihn da war. Bis eines Abends dieser Mann vor der Tür stand und ihn fragte, ob er Herr Schöngeist sei.
„Ja, warum?"
Und schon bevor dieser Mann überhaupt noch mehr sagen konnte, vielleicht auch, weil er etwas zu lange brauchte, bis er zu antworten begann, wusste Thomas Bescheid.
Leonie gibt es nicht mehr.
„Vielleicht könnten Sie mit mir in die 'Missionsärztliche Klinik' kommen und sie identifizieren? Es tut mir leid ..."
Wie ferngesteuert ist er mitgefahren, hat sich mit diesem Mann durch die kahlen Gänge im Kellergeschoss der Klinik geschleppt bis zu diesem nackten Raum, mit bläulichem Licht grell ausgeleuchtet, wo sie in der Mitte auf einem kalten Edelstahltisch aufgebahrt lag. Konnte nicht wahrhaben, dass ihr wacher Geist den schönen Körper verlassen hatte, der so unversehrt schien.
„Wir haben sie oben beim 'Käppele' gefunden. Zunächst dachten wir an ein Verbrechen, aber Dr. Meinl meint, dass es plötzliches Herzversagen war. Beim Joggen. Ist bei Frauen relativ selten. Ein so genannter 'sudden cardiac death': Das Herz hört völlig unerwartet und häufig ohne Warnzeichen auf zu schlagen. Das führt in über neunzig Prozent der Fälle zum Tod. In Deutschland sterben jährlich mehr als hunderttausend Menschen am plötzlichen Herztod ..."
Er weiß nicht, was danach geschehen ist. Seine Erinnerung fängt erst wieder an, als Ingrid, Jeans Frau, in das Zimmer kommt und ihn besorgt anlächelt:
„Möchtest du mit uns frühstücken?"
Das ist jetzt fast drei Jahre her. Anfangs glaubte er, ohne

Leonie nicht leben zu können oder auch zu wollen. Inzwischen kommt er zurecht damit und mit sich. Nach einigen Monaten der Düsternis fand er langsam wieder den Weg zurück ins Leben. Jean und Ingrid hatten ihm am Anfang geholfen, einfach indem sie ihr Haus auch zu seiner Heimat machten und Jean ihm die Partnerschaft in seiner Kanzlei anbot.

Als er Simone bei dieser Tagung traf, war er wieder aus dem Gröbsten raus. Er hatte wieder Affären, fast so wie früher als Student, bevor er Leonie kennen gelernt hatte. Doch er tat sich schwer, sich einer Frau wirklich zu öffnen und kompensierte diese Oberflächlichkeit mit kurzen, eher unbedeutenden Liebeleien. Mit Simone konnte er sich wieder unbefangen unterhalten, sich ihr mitteilen, ohne dass ihn schmerzliche Erinnerungen zurückhielten. Er musste ihr nichts erklären und erlebte wieder diesen seltenen Gleichklang zwischen Seele und Geist, der zwei Menschen aufs Angenehmste verbinden kann. Und er genoss es, dass er dabei nicht an Leonie denken musste.

Heute ist nicht der Abend für Monika, heute wäre der Abend für Simone. Nur für sie. Sie, die lebt und mit der er auch gerne ein kleines Stück Leben zusammen gehen möchte. Er beschließt, noch in seine kleine Kneipe ums Eck zu gehen. Die einsamen Erinnerungen und den Schmerz über Simones Zurückweisung kann er jetzt nicht allein ertragen. Er stürzt sich in belangloses Geplauder, guten Bluesrock aus den Siebzigern, noch ein paar Biere. So wird er einen Schlaf finden, aus dem er nicht alle paar Stunden schweißgebadet hochschreckt, seine Hand nach nebenan streckend, wo er niemanden ertasten kann.

Auch Fritz Sachs kann nicht einschlafen. Er liegt neben Anette, seiner Frau, die leise schnarcht. Ein leichter Ärger schleicht sich in ihm an. Er hat noch kurz versucht, ein Gespräch mit ihr zu beginnen. Hat angefangen, von Frankfurt und München zu erzählen. Doch sie hört nicht richtig zu. „War es sehr anstrengend?", fragt sie etwas abwesend.
Er will trotzdem weiter erzählen, neben ihr auf der Wohnzimmercouch. Im Fernseher läuft die Wiederholung eines Tatort. Max und Eva sind seit einer Viertelstunde im Bett. Und so setzt Sachs wieder an: „Also der Martini hat sich vielleicht aufgeblasen ... so wie er es eigentlich immer macht ..." Anette nickt und schaut auf die zwei Münchener Kommissare, die gerade ein junges, hübsches Mädchen im Kreuzverhör haben.
„Das war so wie damals, als er diesen Quartalsbericht referierte und dabei alle profit-center einzeln beleuchtete", fährt Sachs fort, an Anette und dem Fernseher vorbeisehend. „Die Russlandgeschichte kam ja ziemlich schlecht weg und, das muss man heute noch neidlos sagen, die Abteilung von Martini hatte ein glänzendes Zwischenergebnis ..."
Anette stöhnt auf. Kommissar Gerber wird gerade vom Freund der Verhörten niedergeschlagen. Anette tätschelt achtlos Sachs' Knie, kann kaum ihren Blick vom Schicksal Gerbers wenden: „Du hast es schon schwer, mein Schatz!", flüstert sie, den Blick nicht von Gerber lassend.
Sachs harrt noch bis zum Ende des Films neben Anette aus. Sie lässt ihre Hand auf seinem Knie und ihren Blick im Fernseher. Wo ihre Gedanken wirklich sind, weiß er nicht. Er hoffte auf eine stille Minute im Schlafzimmer, wo sie dann aber sehr schnell eingeschlafen ist und nun leise vor sich hinschnarchend neben ihm liegt. Und Sachs weiß nicht, was er tun soll. So hat er sich das nicht vorgestellt, dass er

als Totengräber der BROSINSKI AG fungiert. Sicher, er wurde nicht fair behandelt, aber das rechtfertigt nicht, dass er so viele Arbeitsplätze gefährdet. Ihm wird immer klarer, dass die EIT, oder eigentlich Straw, wahrscheinlich mit Silbereisens Hilfe, nur die Filetstücke der BROSINSKI AG, und davon gibt's trotz aller Probleme wahrlich genug, rausschneiden will. Die Firma, der Standort, das Personal sind ihnen vollkommen egal. Dem Martini sowieso. Hauptsache, er schwimmt obenauf. Und das tut er immer, egal wo. Ohne Rücksicht auf irgendwelche Verluste.

Er hätte den Aichinger nicht anzapfen sollen. Einer seiner ehemaligen Zöglinge. Aichinger würde ihm jeden Gefallen tun, und so hat er ihm auch den Bericht rübergereicht, der streng vertraulich für die GERMAN PROFIT ausgearbeitet wurde. Und er hätte ihn auf keinen Fall an Martini weitergeben dürfen. Es ist schon richtig, dass früher oder später ohnehin alles ans Licht gekommen wäre. Aber dieser Zeitvorsprung schien wichtig und wurde ihm auch entsprechend honoriert. Fünfzigtausend Euro auf seinem Konto. Heute hat er den Geldeingang gesehen. Und das ist nur die erste Rate. Er mag dieses Geld nicht anfassen, erst hat er mit Anette sprechen wollen. Es gemeinsam mit ihr einvernehmen. Doch sie saß zwar neben ihm, war aber doch viel zu weit weg, so wie jetzt auch.

28. November

Die Tagung in Berlin. Die zentrale Prachtstraße 'Unter den Linden' ist schon Ende November vorweihnachtlich ausgeleuchtet. Thomas bleibt zwei Tage. Doch bevor es überhaupt los geht, trifft er sich mit einem alten Studienfreund, der in Berlin bei der GERMAN PROFIT arbeitet. Er skizziert das Notwendigste der Situation Brosinski und bittet ihn um Auskünfte über Silbereisen. Sein Freund kennt ihn nicht, verspricht aber, sich zu erkundigen.

Am Abend trifft er sich mit Monika. Zufällig ist zur gleichen Zeit ein Ärztesymposium des Pharmakonzerns Schering. Leonie war wie Monika Ärztin. Nach dem Treffen in der Nähe von Frankfurt und einem Vorgeplänkel über Mails sind beide voller Vorfreude auf diesen Abend, den sie in Ruhe miteinander genießen können.

Am übernächsten Tag wacht er müde und viel zu früh aus einem bierschweren Schlaf auf. Sein schmerzender Kopf treibt ihn aus dem Bett unter eine kalte Dusche. Er war letzte Nacht mit seinem Freund vom Psychologenverband unterwegs gewesen, und trotz aller guten Vorsätze haben sie zu viel Bier getrunken.

Der Frühstücksraum ist noch leer. Thomas nimmt sich einen Kaffee und isst zur Aspirin ein kleines Stück Kuchen. Dann schreibt er:

Wie sehr Du mir fehltest in der zweiten Nacht. Das Kopfkissen kalt, aber wenn ich meine Nase tief hineinwühle, rieche ich noch Deinen Duft und dann sehe ich Dich wieder neben mir liegen. Deine heißen Hände fassen leicht meine Hüften. Meine neugierigen Lippen wollen sich in dieses wunderschöne Tal zwischen Deinen

Brüsten verlieren. Ich darf nur die Augen nicht öffnen, dann spüre ich Dich auf mir liegen, fühle Deinen Mund an meinen Ohrläppchen, höre Dich die schönen, warmen Dinge in mein Ohr flüstern, presse Dich an mich und kann mir nichts Schöneres vorstellen, als mit Dir da zu liegen.
Dabei konnte ich mir kaum eine Steigerung vorstellen an diesem Abend, unser Aufstieg zur Reichstagskuppel, meine Ängstlichkeit, als ich in die Tiefe blicke. Unser Spaziergang den Spreekanal entlang.
Wir entdecken diese nette Kneipe, die uns warm und zigarettenverqualmt aufnimmt. Stundenlang könnte ich dort mit Dir reden. Dir einfach in Deine Augen schauen. Sind sie eigentlich grün oder grau? Selten habe ich mich so wohl gefühlt. Dabei weiß ich gar nicht mehr, über was wir genau geredet haben. Es war wohl nicht so wichtig. Für mich in diesem Moment aber das Allerwichtigste.
Ich würde mich über ein Wiedersehen sehr freuen.

Dein Thomas

30. November

Simone und Thomas sitzen im Zug von Hannover nach Würzburg. Sie hatten sich in Hannover am Bahnhof getroffen. Simone kam von Hamburg, Thomas aus Berlin zurück. Sie hatten sich schon vor ein paar Wochen verabredet, Thomas hatte sich unbedingt mit Simone treffen wollen und es fand sich keine andere Gelegenheit. Gerne wäre Thomas noch in Hannover geblieben, aber Simone wollte oder musste abends wieder in Stuttgart sein. So bleibt ihnen die dreistündige Zugfahrt. Besser als nichts, aber Thomas ist trotzdem grummelig. Glücklicherweise haben sie ein Abteil für sich. Es ist gemütlich warm, während draußen ein grauer Nieselregen eine frühe Dämmerung ankündigt. Tropfen laufen die Scheibe entlang. Sie sitzen sich gegenüber, beide sind etwas angespannt und lassen ihre Blicke unstet zwischen dem Gegenüber und dem Fenster wandern. Zwar sind sie froh sich zu sehen, aber jeder ist doch noch in seiner Welt verhangen, aus der er gerade kommt.

Simone legt ihre Hand auf Thomas' Knie. Thomas nimmt ihre Finger und küsst sie leicht. Doch es bleibt eine Distanz zwischen den beiden, nicht allzu belastend, kaum spürbar, aber doch vorhanden. Nicht unüberwindbar, nicht auffällig, sicher auch bald vorüber. Allzu lang haben sie sich nicht gesehen, so bleibt auch in der plötzlichen Nähe diese kleine schweigsame und verlegene Unnahbarkeit.

„Na, wie ist es dir ergangen?"

Simones Worte hüpfen über den schmalen Graben und wollen eine Brücke für Thomas bauen. Er braucht noch etwas Zeit, um sie zu nutzen, und dann, ohne Rücksicht auf deren Tragfähigkeit, beginnt er zu sinnieren: „Kann man denn zwei Frauen gleichzeitig lieben? Nein, nicht seine Mutter oder seine Tochter und seine Frau. Zwei Geliebte gleichzeitig."

„Das ist doch Betrug", nur zögerlich antwortet Simone, „doppelter Betrug!"

„Und wenn beide davon wissen? Dann kann es doch kein Betrug mehr sein", spinnt Thomas den Faden weiter.

„Aber wahrscheinlich für diejenigen, die wissen, schwer zu ertragen. Wie können sie denn glücklich sein, wenn sie wissen, dass er in einer heißen Liebesnacht nicht ihr allein gehört?" Simones Stimme klingt verhalten, sie will nicht so recht in dieses Thema einsteigen.

Doch Thomas lässt nicht locker: „Gehört er in dieser Nacht nicht ihr allein? Wem sonst? Versinkt er nicht in ihr, und nur in ihr? Oder träumt er von der anderen, wenn er mit der einen schläft? Vielleicht träumt er aber auch von der anderen, wenn er mit der einen schläft, ohne dass er mit der anderen jemals geschlafen hat? Träumt er auch von der einen, wenn er mit der anderen schläft? Oder gehört er ohnehin nicht ihr allein? Aber nicht nur ihr nicht, sondern auch der anderen nicht?"

„Da blick ich nicht mehr durch!" Simone schüttelt den Kopf und fährt fort: „Warum erzählt man nicht alles, wenn man liebt und vertraut?"

„Aber dann mache ich sie unglücklich. Und vielleicht liebt sie mich dann nicht mehr?", antwortet Thomas.

Simone wird ungehalten: „Und warum hast du mir von Monika geschrieben? Warum mutest du mir diese Art Unglücklichsein zu?"

„Du hast doch auch Günther. Du liebst doch zwei Männer. Außerdem haben wir nicht miteinander geschlafen!"

„Heißt das, du liebst Monika mehr als mich?"

„Wieso? Nur weil ich mit ihr geschlafen habe? Du weißt,

dass ich dich liebe. Aber du liebst Günther mehr als mich. Mit ihm schläfst du."

„Mit niemandem rede ich aber so offen und so vertraut wie mit dir. Nach niemandem sonst habe ich so viel Sehnsucht, wenn wir uns wochenlang nicht sehen können." Simone drückt dabei ganz fest die Hände von Thomas.

Die Kluft zwischen den beiden hat sich zusammen mit dem ohnehin blassen Tageslicht aufgelöst, als der Zug in Kassel einfährt.

„Vielleicht, weil wir gerade nicht miteinander geschlafen haben?"

„Ich weiß nicht, schließlich sehne ich mich danach, dich zu spüren. Du fasziniert mich auch körperlich. Mehr als andere Männer, viel mehr."

„Mehr als Harry?" Thomas kann sich diese Spitze einfach nicht verkneifen.

„Ach, Harry. Harry ist ein Freund. Mehr nicht. Da gibt es nicht diese intensive Vertrautheit."

„Und was war dann in Nürnberg?"

„Da war doch nichts. Ich hatte mich nur verabredet, nachdem du ja gesagt hattest, du könntest nicht." Dabei beugt sich Simone zu Thomas, streicht ihm über die Nase und fragt schon fast schelmisch: „Bist du immer noch eifersüchtig?"

„So ein bisschen schon. Vor allem, weil du so wenig Zeit hast – und dann schenkst du dieses für mich seltene Gut jemand anderem." Gleichzeitig streichelt Thomas mit seiner Fingerspitzen Simone Mund, weshalb der Vorwurf kaum mehr anklagend klingt. Dann küsst er sie.

Erst nach längerer Zeit löst sich Simone von ihm, bleibt aber mit ihren Augen bei ihm: „Und warum bist du nicht auf Günther so eifersüchtig?"

„Günther ist schon immer da, in deiner anderen Welt. In die will ich nicht eindringen, will sie nicht zerstören. Aber Harry dringt in unsere gemeinsame und in deine andere Welt ein, und ich dachte, er zerstört oder stört zumindest diese."
„Ich bin auch eifersüchtig auf Monika!", platzt es unvermutet aus Simone.
„Du!?" Thomas ist echt überrascht.
„Ja, ich. Und glaub ja nicht, dass das so einfach geht, dass ich emotional keine Probleme habe, nur weil wir jetzt so etwas wie einen formalen Gleichstand haben. Du mit Monika und ich mit Günther. Ich weiß doch gar nicht, ob du mich wieder sehen willst, ob du überhaupt noch Zeit für mich hast."
Simone wird heftiger und hat Tränen in den Augen. Damit hat Thomas nicht gerechnet. Sie hat ihn bisher immer verstanden, und es ist ihm lange nicht mehr so leicht gefallen, über alles Mögliche offen zu sprechen. Das hat ihn immer wieder erstaunt und fasziniert. Und vor allem: Es hat ihm gut getan. Diese Vertrautheit gehört zu den Wundern ihrer Begegnung, schließlich lässt sich ihre gemeinsam verbrachte Zeit noch in Stunden zählen. Und so erwidert er, ein leichtes, beunruhigtes Zittern in der Stimme:
„Natürlich will ich dich sehen. Ich werde dich immer sehen wollen. Aber wir können uns ja nur viel zu selten sehen. Ich würde dich gerne öfter treffen, aber das geht ja nun mal nicht. Oder du willst das nicht. Manchmal habe ich mich schon gefragt, was denn wäre, wenn ich dich vor Günther getroffen hätte."
„Na, da hattest du ja Leonie."
„Na ja, vielleicht auch vor Leonie. Ich stelle mir vor, dass wir ein Paar geworden wären, aber um mich nicht sinnlos zu verträumen, stelle ich mir auch vor, dass wir uns im norma-

len Leben, im Alltäglichen – auch miteinander – vielleicht viel zu schnell verschlissen hätten und sich unsere Liebe damit langsam aufgebraucht hätte."

„Weißt du übrigens, dass Günther furchtbar eifersüchtig ist?"

„Das braucht er ja wohl nicht. Diese wenigen Stunden unseres Beisammenseins. Schließlich hat er mir ja noch was voraus."

„Kommt es darauf und auf die Zahl der Stunden an?"

„Ich weiß nicht, aber ich weiß, dass ich gerne viele Stunden, viel mehr Stunden, mit dir verbringen würde. Darauf kommt es an. Vielleicht ..."

„Dann lass uns wenigstens unsere Zeit nicht damit verschwenden, dass wir uns nutzlos und düster eine Zukunft ausmalen, die wir ohnehin nicht kennen."

„Mmh", Thomas fällt es heute schwer, nicht zu grummeln.

„Komm, gib mir noch einen Kuss!" Und ohne eine Reaktion abzuwarten, steht Simone auf, umarmt den etwas starr sitzenden Thomas und tut, was sie von ihm wollte. „Das mit der Vergänglichkeit der Zeit, dieses carpe-diem-Gerede ist total abgedroschen, aber es ist ja was dran. Also lass uns den Augenblick genießen, wir wissen doch wirklich nicht, was morgen sein wird."

Thomas brummt irgendetwas Unverständliches, das aber auf alle Fälle zustimmend klingt.

So fährt Simone fort: „Ich weiß zwar nicht, was mir vom Leben wirklich bleiben wird und was am Ende wirklich wichtig war, aber ich denke, dass ich unsere Begegnung nie missen will. Das Glück dieser Begegnung, so kitschig das klingen mag, werde ich immer zu schätzen wissen. Ganz egal, was morgen passieren wird. Dazu brauchen wir aber nicht dauernd zusammen hängen."

„Aber die Begegnung ist noch nicht vollkommen!"

„Komm, das hatten wir doch eben." Simone setzt sich neben Thomas und kneift ihn in die Seite. „Kommt's denn wirklich nur darauf an?"

„Natürlich nicht nur. Aber wenn wir der Erinnerung unserer Begegnung nun schon vorgreifen wollen und ich mir dann vorstelle, dass ich der Frau meines Lebens begegnet bin, wir uns gegenseitig unsere Liebe gestanden haben und uns schlussendlich, quasi als Pointe der Geschichte, dann doch die engste Begegnung versagt haben. Nun, dann werde ich mir eben vorstellen, dass ich da wohl meine klösterliche Phase hatte und den Höhepunkt der Begegnung in abstrakt hochgeistigen Gesprächen ertränkte."

Simone schmiegt sich enger an Thomas: „Na, übertreib' mal nicht. Außerdem war das nicht das Thema. Sondern, ob das Glück eines Momentes dadurch verewigt wird, indem dieser Moment ins Unendliche verlängert wird."

„Ich will dich eigentlich nur öfter sehen. Sonst nichts." Dabei zieht Thomas Simone noch näher zu sich und kitzelt ihren Bauch. Simone weiß sich nicht anders zu wehren als ihn noch fester an sich zu drücken. Nach kurzem Gerangel spricht sie weiter: „Ich war glücklich, als wir uns das erste Mal begegnet sind. Das Glück bestand darin, dass ich in diesem Moment nicht daran dachte, woher ich komme und was ich morgen mache, sondern, dass ich mich nur auf dich eingelassen habe. Die Begegnung mit dir einfach nur genossen habe. Beim zweiten Mal war es dann schon schwieriger. Plötzlich war trotz der Intensität unserer Begegnung auch meine andere Welt wieder da. In diesem Moment konnte ich die Begegnung mit dir nicht mehr uneingeschränkt genießen. Erst später wieder, als ich mich von dir angenommen fühlte, auch mit meiner Welt, die ich mit zu dir brachte, konnte ich mich wieder ganz auf dich einlassen. Und ich zehre heute noch vom Glück unserer Hamburger Begegnung!"

„Eigentlich denke ich genauso. Aber trotzdem bleibt oft die Sehnsucht an den Tagen, an den vielen Tagen, wenn wir uns nicht sehen." Thomas fährt mit einem Lächeln fort: „Ob diese akademische Stunde zwischen Hannover und Würzburg in die Annalen unserer Erinnerung eingehen wird, weiß ich ja nicht so genau. Und wenn's nicht in die Geschichtsbücher eingeht, kann ich ja ganz ungeniert dichten:

Genieß unsere Liebe, die glüht, bevor sie mit der Zeit verblüht."

3. DEZEMBER

„Professor Voss ist schon drin. Kann ich euch was reinbringen?", flüstert ihm Corinna, Peters Assistentin, zu. Sie sieht wieder großartig aus, und kurzzeitig flammt der Wunsch auf, diese ganze Brosinski-Geschichte und die Sehnsucht nach Simone auf die Seite zu schieben und lieber vollkommen unkompliziert einen schönen Abend mit Corinna zu verbringen. Sie würden sich zusammen sicher nicht langweilen. Die Welt könnte so einfach sein ...

Die Stimmung in Peters Büro ist nicht so gedrückt wie damals, vor knapp einem Monat. Corinna spürt so etwas wie eine verschwörerische Atmosphäre, als sie die Getränke ins Büro bringt.

Aber nicht Voss, sondern Thomas, von der mittäglichen Wintersonne geblendet, fasst heute den Sachstand zusammen: „Wir haben jetzt die Vertragsentwürfe von EIT und PRIME FUND vorliegen. Die wesentlichen Punkte kennen wir ja bereits. EIT hat der Familie ein auf den ersten Blick attraktives Angebot unterbreitet: Zum Kurs von zwanzig Euro kaufen sie neun Millionen Aktien. Eine Million Aktien, also zehn Prozent, bleiben bei der Familie. Hinzu kommt der Vorstandsvorsitz für Michael Brosinski. Das Angebot vom PRIME FUND klingt weniger attraktiv: zwei Euro weniger pro Aktie, ein geringerer Restanteil von unter fünf Prozent, wobei die der Familie zufließende Summe in etwa gleich bleibt, und keine operative Verantwortung für die Familie, sondern nur ein Aufsichtsratssitz. Aber das kennen wir ja schon", kommentiert er, bevor er sich direkt zu Peter wendet: „Peter, wie ist die Stimmung in der Familie und wie werden dort die zwei Angebote bewertet?"

„Michael fühlt sich in seinem unternehmerischen Kurs, den

er im letzten Jahr gefahren ist, bestätigt und präferiert natürlich die EIT-Lösung. Sein Vater ist nach wie vor grundsätzlich nicht begeistert, aber er hat nicht mehr die Kraft, sich gegen eine Übernahme aufzubäumen. So wird er schweren Herzens dem Kurs seines Sohnes folgen. Und er sieht immer weniger Alternativen, denn die GERMAN PROFIT zieht ihre Schlinge ständig enger zu. Die haben jetzt definitiv und schriftlich ein Ultimatum gesetzt: Wenn bis Ende Februar die in den Kreditverträgen festgelegte Eigenkapitalquote nicht erreicht wird, werden sie von ihrem darin verankerten Kündigungsrecht Gebrauch machen."

Nach einer kurzen Pause ergänzt Peter noch: „Es gibt Gerüchte im Unternehmen, dass irgendwie Bernard Straw über GLOBAL ELECTRIC seine Finger mit im Spiel hat. Er scheint Interesse an der BROSINSKI AG zu haben, scheut allerdings ein direktes Engagement. Jedenfalls hat er wohl vorgestern meinem Schwiegervater einen ablehnenden Bescheid zukommen lassen."

„Über einen persönlichen Brief?", fragt Voss, der sich offensichtlich nicht wohl fühlt angesichts seiner Machtlosigkeit in diesem Machtspiel und anscheinend auch wegen seiner Passivität in dieser Gesprächsrunde.

„Nein, über seinen Finanzchef Jeff Moser. Da heißt es: '... nach eingehender und wohlwollender Prüfung kommt für GLOBAL ELECTRIC eine Beteiligung, gleich welcher Art, zum aktuellen Zeitpunkt ...'"

Voss, seiner passiven Rolle jetzt endgültig überdrüssig, unterbricht Peter. „Also, ich sehe zwei interessante Aspekte, denen wir auf den Grund gehen sollten: Erstens, wäre es wirklich nachteilig für das Unternehmen, wenn Straw hinter EIT stünde? Zweitens, und hier wiederhole ich mich, welches Spiel treibt Silbereisen? Ein alter Bekannter von mir,

einer der Vorstände von GERMAN PROFIT, der aber keine Zuständigkeiten in der Brosinski-Sache hat, meint, dass anscheinend einige Mitglieder der Kreditkommission hinter den Kulissen ihren Unmut gegenüber Silbereisen und dessen Kurs äußerten, sich aber leider aus vielerlei Gründen bei der Abstimmung über Brosinski passiv verhielten. Er findet das ein wenig seltsam. Meine Herren", fährt Voss fort, „ich glaube, Silbereisen will mehr als nur Macht demonstrieren. Ich vermute, der bekommt Geld für seinen harten Kurs – und zwar nicht nur von der GERMAN PROFIT!"
„Dann also von der EIT. Die sind schließlich die Nutznießer der ganzen Geschichte", meint Peter.
„Kann sein", antwortet Thomas. „Vielleicht ist ja doch was dran an dem Gerücht mit Bernard Straw und GLOBAL ELECTRIC. Und dann wäre die Story ja einfach. Der kauft sich den Laden quasi über einen Mittelsmann und löst die Perlen raus. Gleichzeitig kontrolliert er einen wichtigen Zulieferer-Wettbewerb, ohne dass diese wiederum davon wissen." Voss nickt und meint abschließend: „Auf jeden Fall würde Silbereisen ein gefährliches Spiel spielen. Das klingt ja wie im tiefsten Orient: Erpressung und Betrug. Das kann ich mir jetzt nicht so recht vorstellen. Wenn ihm da irgendwer auf die Schliche käme, wäre er erledigt. Mein Bekannter meint, dass man über Silbereisen nichts Schlechtes hört. Ich muss wohl noch einmal mit ihm darüber reden."

Derweil sitzt Jeff Moser bei einem einsamen Frühstück in seiner Penthousewohnung über den Dächern von Toronto. Unzählige Lichtpunkte, die sich weit bis zu einem unsichtbaren Horizont erstrecken, beleuchten die kalte Dunkelheit. Das Klingeln seines Mobiltelefons schreckt ihn aus seiner morgendlichen Zeitungslektüre:

„Ja, Furtner hier, Entschuldigen Sie, dass ich Sie so früh stören muss, aber gestern Abend auf einem Empfang unserer Oberbürgermeisterin sprach mich Dr. Silbereisen an:
Sie sind doch an der Brosinski Geschichte dran!?
Und fuhr, ohne eine Antwort abzuwarten, fort:
Ich weiß nicht, ob Ihnen klar ist, dass Sie keine Chance haben, wenn wir den Druck auf Brosinski lösen. Vielleicht können Sie mir ja bis morgen achtzehn Uhr mitteilen, was es ihren Geldgebern wert ist, wenn die GERMAN PROFIT *weiter hart bleibt!*"
Moser ist kurz still am Telefon, dann stöhnt er auf: „Oh, Mann, jetzt verstehe ich. Na klar, warum bin ich da nicht früher drauf gekommen? Deshalb hat Silbereisen diese massive Argumentation gegen Brosinski aufgebaut, der steuert die Entscheidung, ob die Kredite gekündigt werden oder nicht. Und zwar in Abhängigkeit von unserer Zahlung! Mit dem PRIME FUND macht er wahrscheinlich das Gleiche. Es gab keine undichte Stelle, der wusste einfach immer mehr als wir. Ich muss mit Straw reden und gebe Ihnen bis 17 Uhr Bescheid."
„17 Uhr welche Zeit?"
„Na, Ihre in Deutschland natürlich!"
Punkt 17 Uhr läutet das Telefon bei Dr. Furtner. „Ja, Jeff Moser hier. Es war schwer, zu dieser Zeit mit Straw zu sprechen. Er möchte natürlich kein Geld für Silbereisen locker machen, sieht aber ohne eine adäquate Zahlung den Erfolg des ganzen Unternehmens gefährdet. Er meint, dass sich Silbereisen wohl nicht mit einer Summe von unter zehn Millionen zufrieden geben wird. Handeln Sie die Details mit ihm aus!"
„Dollar oder Euro?" Furtner versucht ruhig zu bleiben ...
„Euro natürlich", blafft Moser zurück, „ich weiß doch, wo Deutschland ist und auch welche Zeit Sie dort haben."

Nachdem er den Hörer aufgelegt hat, sitzt Moser unbeweglich da und schaut versonnen aus seinem Bürofenster. Es ist grau draußen, nicht viel heller als heute Morgen – doch überblickt er von hier aus nicht Toronto, sondern die ebenfalls hell erleuchtete Firmenzentrale von GLOBAL ELECTRIC. Er geht in Gedanken noch einmal die Situation und vor allem die heutigen Telefonate durch. Irgendetwas hat ihn stutzig gemacht, auch wenn er gegenüber Furtner schnell und professionell so reagiert hat, als würde er alle Zusammenhänge überblicken. Es bleiben Fragen. Die Brosinskis wollen grundsätzlich nichts verkaufen, die Mehrheit am Unternehmen schon gar nicht. Lieber haben sie ein hohes Darlehen von einer Bank. Komisch, dass die in Deutschland den Banken mehr vertrauen als Finanzinvestoren. Aber egal wie, Bernard Straw will die Mehrheit an der BROSINSKI AG. Nicht weil er die Familie schädigen will, sondern ganz einfach, um den Markt besser kontrollieren zu können. Das darf er schon aus kartellrechtlichen Gründen nicht offen tun. Dafür hat er eben die EIT. Die GERMAN PROFIT drängt die Brosinskis auf eine schnelle Lösung ihrer Liquiditätsschwäche. Warum die GERMAN PROFIT das so massiv tut, ist ihm immer noch ein Rätsel, aber er hat es gerne hingenommen, denn schließlich hat ihm dieser Druck auf die Familie für die eigenen Pläne, die EIT erfolgreich ans Ziel zu bringen, sehr gut geholfen. Ist dieser Silbereisen so durchtrieben, dass er diesen Druck nur deshalb inszeniert hat, damit er irgendwann von EIT zehn Millionen Euro fordern könnte? Das kann nicht sein, denn dass eine EIT irgendwann mitbieten würde, konnte er zu Beginn unmöglich wissen. Vielleicht ist er aber so cool, dass er annimmt, auf alle Fälle würde irgendein Investor, egal wie er heißen mag, ein Angebot abgeben. Oder bekommt er von diesem PRIME FUND eine

Provision? Das wäre zu vordergründig und würde in der GERMAN PROFIT wohl schnell auffliegen, dann wäre er erledigt. Das kann kaum sein. Oder arbeitet die GERMAN PROFIT mit dem PRIME FUND zusammen, und Silbereisen führt nur eine Anweisung von oben aus? Aber von wem? Silbereisen gilt als die treibende Kraft. Außerdem wäre auch diese Verbindung anrüchig und deshalb wenig wahrscheinlich. Moser schüttelt den Kopf, irgendetwas stimmt doch da nicht.

Die tief stehende Wintersonne blendet Thomas auf der Autobahn von Blaukirchen zurück nach Würzburg. Er telefoniert mit Jean, der mit seiner Familie im Trentino Skiurlaub macht, und berichtet von dem Gespräch mit Voss und Peter.
„Was sollen wir tun?"
„Wie meinst du das?"
„Man kann doch nicht einfach so zusehen, wie die Firma wegen eines geldgeilen, verbrecherischen Bankers vor die Hunde geht." Thomas' Stimme klingt vorwurfsvoll.
„Das hatten wir doch schon mal. Die Firma geht eben gerade nicht vor die Hunde, wenn ein Finanzinvestor einsteigt, auch wenn ich geldgeile Menschen nicht ausstehen kann. Aber gegen solche Charaktere kannst du nichts machen! Arbeite du an den Verträgen, versuche, sie klar und widerspruchsfrei zu formulieren und spätere Streitigkeiten schon vorwegzunehmen. Hol das Beste für deinen Mandanten raus, ohne dass die Gegenseite beschissen wird. Dann haben wir gute Verträge, eine gute Arbeit gemacht und uns unser Geld redlich verdient."
„Ja, das stimmt schon", erwidert Thomas zögerlich, bevor Jean fortfährt: „Meinst du, die Welt wird besser, wenn eine andere Kanzlei Brosinski vertritt? Oder meinst du, dass eine

andere Kanzlei mehr für Brosinski tun kann als wir? Ich glaube das nicht!"

„Nein, das meine ich nicht. Da läuft doch irgendein schmutziges Spiel. Sollen wir das alles beobachten und dann so einfach mitmachen und damit die Spielregeln akzeptieren? Du hast schon Recht. Vielleicht habe ich einfach den Drang, eine Ungerechtigkeit aufzudecken oder nur den scheinheiligen Charakter von Silbereisen zu entlarven. In der Hoffnung, dass dann Brosinski wieder selbstständig weiter existieren kann."

„Weißt du, Thomas, was meine Tochter jetzt sagen würde: Ja, Papa, träum' weiter! Aber im Ernst, glaubst du wirklich, dass dieser Weg gut wäre? Gut für die Arbeitsplätze? Schließlich hat es nicht Silbereisen zu verantworten, dass es bei Brosinski immer weiter bergab geht und keiner mehr den Laden im Griff hat."

„In dem Zusammenhang wundere ich mich immer wieder, dass der alte Brosinski so zahnlos wirkt und so wenig Einfluss auf alte Seilschaften, die er doch auch haben muss, ausüben kann", sinniert Thomas.

„Das verstehe ich auch nicht. Aber was soll das Grübeln, Thomas? Nimm's wie es ist, und mach deine Arbeit, mach sie anständig und fair, so dass du am Morgen beruhigt in den Spiegel schauen kannst."

„Wie ist der Schnee?", lenkt Thomas ab.

„Super! Und schwarze Pisten vom Feinsten. Die Kinder sind am Vormittag im Skikurs und fühlen sich pudelwohl, so dass Ingrid und ich beruhigt alleine fahren können. Ich bin nach drei Stunden in diesen steilen Flanken dann auch vollkommen platt. Das wär' was für dich, es ist teilweise so steil, dass man fast nicht sieht, wohin man fährt. Jeden Tag scheint die Sonne, und es gibt Superhütten."

Das wäre jetzt wirklich was für mich, denkt Thomas und versucht, sich wieder auf den Verkehr zu konzentrieren. Blinzelt gegen die Sonne, die wohl nur noch kurze Zeit den Tag beleuchten wird, bevor sie groß und rot glühend am Horizont verschwindet.
Wie schön die Welt ist! Er schaltet den CD-Spieler an:

I waited for you, winterlong
You seem to be where I belong
It's all illusion anyway

Alles Illusion, die schöne Welt, die ihn im Abendrot so warm und einladend anstrahlt? Simone, deren Strahlen und Wärme sich in ihm festgesetzt haben.

Waiting to follow
Through the dreamlight of your way
Is not so easy for me now

Warum Neil Young dieses Lied geschrieben hat, weiß er nicht, aber auch dieser, sein Winter, wird bald vorübergehen, und er hat vergeblich auf Simone gewartet. Dabei würde er ihr überallhin folgen. Aber er will sie nicht verfolgen. Und alles ist Traum geblieben. Fast scheint ihm, als wären ihre kurzen Begegnungen auch nur erträumt. Zu selten gab es eine gemeinsame Wirklichkeit.
Das Lied ist aus. Die Sonne verliert glühend gegen die Dunkelheit. Die Ausfahrt Kitzingen ist schon passiert.
Das nächste Lied, Pocahontas

I wish I was a trapper
I would give thousand pelts

To sleep with Pocahontas
And find out how she felt

Dabei geht ihm durch den Kopf, was er bei Navid Kermani dazu gelesen hatte: Dass der Sänger nicht nur mit der Indianerprinzessin schlafen will, weil es sich schön anfühlen würde, sondern dass er als Fremder, als Weißer, mit ihr schlafen will um zu begreifen, wie sie als Indianerin fühlen würde. Auch er würde gerne Simone begreifen wollen ...
Stattdessen telefoniert er, wieder im Büro angekommen, mit Manni: „Kannst du bitte die Jahresabschlüsse von Brosinski noch einmal sorgfältig durchschauen?"
„Das hab ich doch schon vor drei Wochen. Sie waren nicht besonders auffällig." Manni ist etwas genervt, denn schon damals hat er, obwohl er keine Zeit hatte, nur aus Freundschaft Thomas einen Gefallen getan und eben nichts besonders Auffälliges gefunden.
„Bitte, tu mir den Gefallen. Nimm die letzten vier Jahre und schau doch mal vor allem die älteren Abschlüsse an."
„Also gut, nur deinetwegen!"
Auch wenn Thomas manchmal am liebsten vor den Abgründen, die er erahnt, davonlaufen würde, fängt er an, sich in diesen Fall zu verbeißen. Zu sehr betrifft ihn das Schicksal der BROSINSKI AG persönlich und damit auch dieser Silbereisen. Die Ohnmacht, die er dabei empfindet, möchte er überwinden, indem er das Spiel von Silbereisen enttarnt. Er spürt aber auch, dass diese Ohnmacht nicht nur von dieser undurchschaubaren Intrige gespeist wird, sondern zudem von seiner unerfüllten Liebe zu Simone.
Er ist froh, dass er abends mit Karin, seiner vertrauten rechten Hand im Büro, verabredet ist und von Simone erzählen kann.

„Ich habe im Mai, damals auf dieser Tagung in Bad Harzburg, eine Frau kennen gelernt. Simone. Und mich in sie verliebt."

Thomas und Karin sitzen im 'Maxims', in dieser alten, verqualmten Studentenkneipe, wo sie zwar den Altersschnitt stark anheben, sich aber in dieser ungezwungenen, musikschwangeren Atmosphäre immer noch wohl fühlen. Fast hätte man sie für ein Liebespaar halten können, so vertraut sitzen sie an dem kleinen Tischchen.

„Das ist ja super, aber warum hast du dann im Sommer eine Zeit lang so einen niedergeschlagenen Eindruck gemacht?"

„Das ist es ja. Simone ist verheiratet. Glücklich, wie sie sagt. Und deshalb hat unsere Beziehung keine Zukunft. Wir schreiben uns viel. Wunderschöne Mails, die mich glücklich machen. Die uns sehr intensiv verbinden. Damit können wir nicht nur unsere räumliche Distanz überwinden und ein klein wenig die fehlende körperliche Nähe ausgleichen. Sie sind für mich schon so etwas wie kleine Schätze geworden. Aber das kann auf Dauer natürlich nicht funktionieren, wenn man sich nicht in den Arm nehmen kann. Beim Erzählen nicht in die Augen schauen kann. Überhaupt zusammen sein kann."

„Aber ein bisschen mehr als Briefe muss doch wohl sein?"

„Na ja, wir haben uns drei Mal gesehen und das war immer unvorstellbar gut. Es stellt sich immer schnell eine Vertrautheit ein, als wären wir schon lange Zeit zusammen. Da gibt es so viele gleiche Schwingungen. Sie versteht immer schnell, was ich sagen will. Deshalb haben unsere Gespräche und unsere Nähe eine faszinierende Tiefe. Du kannst dir gar nicht vorstellen, wie ich danach reich, voller Gefühle bin. Positive Gefühle, die dann mit der Zeit in eine ebenso intensive Sehnsucht wechseln. Und die ist manchmal nicht auszuhalten."

„Das erklärt deine Stimmungen. Ich habe manchmal bemerkt, dass dein Blick in einer anderen Welt war, nicht in unserem Büro. Ich weiß nicht, ob dir das alles gut tut. So ein bisschen träumen ist ja ganz schön, aber du musst doch dein Leben weiterführen!"

Thomas spürt die Blicke vieler anderer junger Männer, sicherlich nicht seinetwegen, sondern wegen Karin, die wieder umwerfend aussieht. Deren Glanz auf ihn abfärbt. Wären sie ein Paar, er würde diese unverblümt lüsternen Blicke auf Karin nicht aushalten können. Und dann wäre sie schon wieder kompliziert, diese vermeintlich einfache Welt. Dieser Körper, diese Ausstrahlung. Einfach nur den Abend lang plaudern, strahlend um diese Schönheit werben, sich wohl fühlen, die Nacht genießen und danach frisch und glücklich einen neuen Tag begrüßen.

„Ja, du hast ja Recht. Aber ich kann nicht. Und die Geschichte wird noch verworrener. Ich habe vor einem Monat Monika kennen gelernt. Und fühle mich verliebt. Deshalb erlebst du mich auch so beschwingt. Aber ich kann dieses Gefühl nicht vollständig genießen, weil ich dann irgendwann wieder an Simone denke und mich sofort ein schlechtes Gewissen und wieder diese Wehmut packt. Sehnsucht mag ich ja gar nicht mehr sagen, denn es ist klar, dass es nur diese wenigen Treffen zwischen uns geben wird, die auf keinen Fall ihre Beziehung gefährden dürfen."

„Will sie dich nicht öfter sehen?"

„Eigentlich glaube ich das schon, aber sie lässt es nun mal nicht zu. Ich versteh das ja irgendwie, ich möchte sie auch nicht von ihrem Mann, Günther, aus ihrer alten Welt wegreißen. Aber dann gibt es so komische Geschichten, wo ich mir auf einmal nicht mehr sicher bin. Da gibt es plötzlich einen Harry, mit dem sie sich verabredet. Warum eigentlich nicht? Aber, und das ist mein Problem, dann gibt es für lange Zeit keine Zeit mit mir. Was hat so ein Harry mehr als ich? Und dann überkommt mich eine Hoffnungslosigkeit ob unserer Beziehung, die ich nicht aushalte, die Hoffnungslosigkeit meine ich, und vor der ich nur flüchten will."

„Harry?! Harry Lime, der dritte Mann?", unterbricht ihn Karin und bestellt noch einmal zwei Gläser herrlich leichten Rotwein aus dem Piemont. Jeder Schluck schmeckt nach diesem Blick von den Alpen nach Süden hin zur unsichtbaren Unendlichkeit des Meeres. „Der war ja wie ein Phantom nicht mehr auffindbar! Verschwunden in den Untiefen des Nachkriegs-Wien. Lass ihn doch einfach dort!"

„Es ist nicht Harry Lime! Es ist keine Roman- oder Filmfigur", ereifert sich Thomas. „Es sind keine Schiebereien um Penicillin und Geld. Es geht nicht um so was. Es geht um Liebe!"

„Um die ging es auch bei Harry Lime. Erinnerst du dich nicht an Anna, seine Geliebte, in die sich dann auch der Freund von Lime, Holly Martins, verliebte?" Karin ereifert sich in Erinnerung an den Filmklassiker von Orson Wells und doziert: „Der amerikanische Schriftsteller Holly Martins, der im besetzten Wien seinen Freund besuchen will, erfährt bei seiner Ankunft von dessen plötzlichem Tod. Aber ist Harry Lime wirklich Opfer eines Verkehrsunfalls geworden? Entschlossen, die Wahrheit herauszufinden, gerät Martins zwischen alle Fronten: Da ist die Militärpolizei, nach deren Behauptungen Harry ein skrupelloser Verbrecher war, da sind seine undurchsichtigen Freunde – und da ist Anna, die ihn geliebt hat, und in die sich nun Holly Martins verliebt …"

Und während Thomas zuhört, schleicht sich wieder der Gedanke ein, einfach mit Karin irgendwo zu sitzen, viel-

leicht am Meer, und zum Horizont zu schauen und mit ihr über den Dritten Mann zu diskutieren, um danach in den Dünen der eine Mann für sie zu sein. Abrupt kommt sie wieder zum eigentlichen Thema zurück: „Erzähl doch mal von Monika. Das klang ja bis jetzt so, als wäre sie nur zweite Wahl, oder gar eine Lückenbüßerin."
„Das ist sicher nicht der Fall. Wenn ich mit ihr zusammen bin, denke ich kein bisschen an Simone", entrüstet sich Thomas.
„Du sagst schon wieder Simone! Du denkst doch immer an sie, hast du doch eben selbst gesagt", fällt ihm Karin ins Wort. „Machst du dir da nichts vor? Suchst du nicht eigentlich einen Ersatz für sie?"
„Unterbrich mich halt nicht dauernd und lass mich von Monika erzählen!", gibt sich Thomas empört.
Doch Karin lässt sich nicht einschüchtern: „Aber bevor du Monika sagst, sprichst du doch von Simone. Also probier' es doch einfach noch einmal, und zwar ohne Simone. Oder erzähl mir mehr von Simone, aber lass dann Monika aus dem Spiel. Es ist ja wohl schließlich kein Spiel!"
Später noch versumpfen beide im 'Habana', wo sie nicht mehr den Altersschnitt heben und die Musik aus den Achtzigern stammt. Karin erzählt von ihrem Jürgen und zur Feier des Tages trinken sie zum Abschluss Caipirinha. Der summt Thomas jetzt auch im Kopf herum, als er weit nach Mitternacht im Bett liegt und nicht einschlafen kann. Ein Lied von Neil Young begleitet dieses Summen. In „Cortez the killer" erzählt er vom Untergang der Ureinwohner Amerikas, um dann in der Schlussstrophe so etwas wie verzweifelte Hoffnung aufkeimen zu lassen:

And I know she's living there
And she loves me to this day
I still can't remember when
Or how I lost my way

Dazu gesellt sich der Rhythmus des Gespräches mit Karin. Könnte er wirklich mit Monika glücklich werden, so wie er es ihr gesagt hatte? Oder hat er sie und sich dabei angelogen? Denn das hat er, als er sagte, er denke kein bisschen an Simone. Er denkt immer an sie. Er will sie sehen, will sie spüren, will mit ihr sprechen. Dabei bezweifelt er, ob er mit ihr im täglichen Miteinander überhaupt glücklich werden könnte. Doch diese Frage stellt sich sowieso nicht. Er will sie einfach neben sich haben, dabei braucht er nicht nachzudenken, ob das denn ewig so ginge.

6. Dezember

Es scheint Thomas, als löse sich der beginnende Winter immer wieder kurz vor der Würzburger Kessellage einfach auf. Selten lässt er sich sehen, selten sind daher so verschneite Erlebnisse wie kürzlich abends beim Laufen. Längst überspannt wieder ein bewölktes Einheitsgrau das Maintal zwischen Marienfeste und den Weinbergen im Norden.
Thomas sitzt wieder früh im Büro. Viel Detailarbeit ist zu leisten an den Verträgen mit Kormann und Rüders, die nun beide endlich, nach einem halben Jahr, tatsächlich unterschreiben wollen. Ist es wirklich schon so lange her? Die Besprechung bei der Hamburger Kormann AG im Sommer. Als er danach Simone getroffen hatte. Ihre erste Verabredung. Ihre erste Nacht, die so verheißungsvoll begann und eine so katastrophale Wendung zu nehmen schien und dann doch so vertraut endete. Wenn nicht schon vorher, so trägt er sie seither in Gedanken immer mit sich. Und hadert mit ihr – und mit sich selbst, denn trotz aller Vertrautheit kann von erfüllter Liebe keine Rede sein. Und neuerdings gesellt sich noch ein schlechtes Gewissen dazu. Gegenüber Monika. Monika, die er sehr mag, mit der er gerne zusammen ist, und die Momente mit ihr, die Intimität mit ihr, mehr als genießt. Er freut sich darauf, sie wiederzusehen. Und dann zerreißt es sein Herz, wenn er an Simone denkt, wenn er diese kleine Broschüre, die er kürzlich bekommen hat, wieder zur Hand nimmt. Schon etwas abgegriffen, aber immerhin ist darauf das einzige Bild von ihr. Seit langem will er sie um ein Foto bitten, doch schreiben will er das nicht, und wenn sie sich sehen, in dieser kurzen Zeit, wenn er ihr Bild lebendig vor sich hat, dann denkt er nicht daran.

Er kann sich nicht auf seine Arbeit konzentrieren und öffnet einen älteren Brief von Simone ...
Da läutet das Telefon. „Ja, Peter hier. Hast du Zeit für mich? Ich würde auch zu dir ins Büro kommen."
„Was ist denn? Gibt's was Neues?"
„Ja, ich glaube schon, etwas Wichtiges. Aber ich kann, ich will nicht so viel am Telefon ... In zwei Stunden könnte ich bei dir sein. Passt das?"
„Ja, natürlich." Beim Auflegen des Hörers denkt Thomas an Kittel, der um zehn Uhr kommen wollte. Das lässt sich verschieben!
Die Sonne kämpft sich mühsam durch den Nebel. Auch kurz vor Mittag ist nicht ganz klar, ob sie ihn wirklich niederringen oder ob ihr blasser Schein wieder vollständig in der feuchten, grauen Atmosphäre aufgehen wird. Thomas will sich nicht so recht freuen, als sein alter Freund Peter ins Büro kommt. Die Geschichte ist ihm zu verworren geworden. Ob seiner Machtlosigkeit fühlt er sich frustriert. Viel lieber würde er jetzt oben auf der Festung dem Schauspiel zwischen Nebel und Sonne zusehen und dabei zwischendurch auf das einwattierte und so friedlich wirkende Würzburg hinunter schauen, wie von einem schwarzen Band durch den Main zerschnitten. Dies zu beobachten, hat er jetzt keine Zeit. Ob er sie sich gegönnt hätte, wenn Peter nicht gekommen wäre?
Der legt ein Blatt Papier auf Thomas' Schreibtisch: „Helma hat mir ein Fax gezeigt, das wohl aus Versehen in einem Stapel von Dokumenten der Firma lag, die sie von ihrem Vater kürzlich bekommen hatte. Wir haben lange darüber diskutiert. Und ich glaube, du solltest es kennen ..."

Lieber Dr. H,
hoffentlich haben Sie die Festlichkeiten zum Geburtstag Ihrer Frau zusammen mit Ihrer großen Familie gut überstanden.
Herzlichen Dank für Ihre Bemühungen. Mit der bislang geleisteten Arbeit kann man zufrieden sein. S hat die Situation anscheinend im Griff. Meine Leute verharren wie üblich und leider vorhersehbar in der Defensive. Ich wundere mich über V. Von ihm hatte ich mehr erwartet und deshalb etwas Sorge. Aber anscheinend war die Kanzlei doch gut gewählt.
Es ist ein Jammer, den Jungen fehlt es einfach an Biss. Wir haben früher mehr gekämpft.
Beste Wünsche – vor allem noch mal an Ihre Frau – und kameradschaftliche Grüße

„Wer ist H?", unterbricht ihn Thomas.
„Keine Ahnung. Helma hat auch keinen Schimmer, wir haben aber noch mehr über den merkwürdigen Inhalt gerätselt, Brosinski ist zufrieden und lobt die Arbeit eines S. Ganz kurz habe ich dabei an dich gedacht, S wie Schöngeist. Doch Helma meinte, dass das nicht sein kann. Sie hat ihn nie so positiv über dich reden hören."
„So!?" Thomas' Stimme klang nicht so lustig, wie er eigentlich wollte.
„Aber auch angesichts der Lage nichts Negatives", ergänzt Peter.
„Ich füge mich eh nur in eure Faktenlage und versuche das, was ihr mir vorgebt, in einen Vertrag zu formulieren. Ich bin zwar bei den Verhandlungen immer dabei, aber es ist Professor Voss, der im Namen der BROSINSKI AG verhandelt. Ich wundere mich sowieso, dass der alte Brosinski nie teil-

nimmt", versucht Thomas – völlig unnötig – sich und die Situation zu rechtfertigen.

„Er wirkt auf mich momentan recht apathisch und wenig kämpferisch. Ich glaube nicht, dass er da viel bewirken könnte. Vielleicht spürt er das selbst und hält sich erst mal raus. Aber er telefoniert fast jeden Tag mit Voss. Und was sagst du zu dem Fax?", kommt Peter wieder zum Thema.

„Sehr verwirrend. Da passt ja gar nichts zusammen. Da kann ich mir auf die Schnelle keinen Reim darauf machen. Lass mich in Ruhe darüber nachdenken."

„Bitte behandle dieses Schreiben vertraulich und gib es nicht weiter. Ich wollte es deswegen auch nicht per Fax versenden."

„Klar, das habe ich schon verstanden. Deshalb bist du ja hergefahren." Thomas spürt, dass er genervt klingt, und fährt versöhnlicher fort: „Aber sag mal, Peter, dich drückt doch noch etwas?"

„Na ja, ich weiß nicht."

„Ist was mit Helma?"

„Nein, da ist alles in bester Ordnung, aber …"

„Also was, aber …", unterbricht ihn Thomas ungeduldig.

„Na ja. Gestern hat mich … Also, gestern Abend ruft mich Silbereisen an. Ob ich denn Zeit für ein kurzes Gespräch hätte. Was sollte ich darauf schon sagen? Aber was Silbereisen losließ, war der Hammer. Kurz gesagt, Silbereisen bietet mir Geld und wünscht, dass ich Überzeugungsarbeit leiste, damit ihr dem Deal mit EIT zustimmt."

„Wer ist ihr?", fragt Thomas nach.

„Na ja, du, Helma, Michael, also alle, die ich kenne."

„Der hat aber eine hohe Meinung von deinem Einfluss", grinst Thomas etwas gequält. Die Geschichte wird immer unheimlicher für ihn. Am liebsten würde er jetzt einfach wieder mal verschwinden, so wie er es sich als Jugendlicher oft vorgestellt hatte. Nicht irgendwohin zu gehen, er wüsste gar nicht wohin, sondern einfach verschwinden.

Derweil redet Michael weiter: „So direkt hat er's nicht gesagt, er hat von Provisionen und dergleichen gesprochen. Mir wäre es erst mal recht, wenn du den anderen nicht davon erzählen würdest."

„Wie, ich weiß gar nicht, wem ich davon erzählen sollte. Ich verstehe ja gar nichts. Will der dich schmieren?" Thomas ist weiterhin nicht recht bei der Sache.

„Entschuldige mein wirres Gerede. So hat er's ja auch nicht verkauft. Er hat mir noch einmal die finanzielle Situation der Familie aus der Sicht der GERMAN PROFIT dargelegt und erläutert, wie lukrativ der Einstieg eines Finanzinvestors für das Weiterbestehen der Firma an sich sei – und eben auch für die Familie. Ich habe mich gewundert, wie viele Details er kannte. Dass er weiß, dass ich bei meinem Schwiegervater keinen Fuß auf den Boden bringe, mag ja noch angehen, aber welche Transaktionen er aus dem Privatbereich kennt, ist schon erstaunlich."

Thomas unterbricht ihn: „Wir hatten ja Silbereisen schon kürzlich in Verdacht, dass er eine gefährliche Rolle inne haben könnte."

„Er gibt vor zu befürchten, die Familie Brosinski setze aus Halsstarrigkeit sowohl ihre eigene Existenz als auch die des Unternehmens aufs Spiel. Er habe da wenig Einflussmöglichkeiten, da sich nun mal das entscheidende Gremium der GERMAN PROFIT für eine Kreditkündigung entschieden habe, wenn keine Investorenlösung gefunden wird. Da weder er noch GERMAN PROFIT Existenzen vernichten wollen, aber auch aus Sorge um Unternehmen und Arbeitsplätze keine andere tragfähige Lösung in Sicht sei, will er über mich an die Vernunft der Familie appellieren. In diesem Stil hat er weiter argumentiert und dabei auch erwähnt, dass meine Bemühungen bei einer erfolgreichen Transaktion durchaus finanziell angemessen honoriert werden könnten."

„Was heißt angemessen? Ich bekomme gerade mal zehn Prozent vom Streitwert, wenn ich beide Parteien zu einer Einigung bewegen kann. Das ist Knochenarbeit. Und wenn es um 25 000 Euro geht, wie kürzlich bei Kittel, dann sind das 2 500 Euro", ereifert sich Thomas.

„Na ja, Silbereisen sprach vom Hundertfachen."

„Was?", ruft Thomas echt erstaunt, „und wie sollte das abgehen? Der gibt dir doch nicht einfach das Geld?!"

„Er will das über einen Beratervertrag lösen, den er mir für die neue Konstellation anbietet. Er lag heute Morgen schon in meinem Postfach. Ich glaube, der hat's eilig und will nichts anbrennen lassen. Vielleicht kannst du den Vertrag ja mal durchschauen, ob darin alles in Ordnung ist. Er bat um größte Vertraulichkeit."

„Du kannst doch einfach zu deinen Leuten gehen und ihnen alles erzählen."

„Das könnte ich schon, aber wenn er das irgendwie spitz kriegt, wird er mir unser Geschäft mit Seeberger verhageln. Mit dem bin ich schon sehr weit bei unserem Orangerieprojekt. Dort will er mit mehreren Millionen einsteigen. Seine Finanzierung bekommt er von der GERMAN PROFIT."

„Das sind doch ganz andere Geschichten", wirft Thomas ein.

„Das sieht Silbereisen eben nicht so", antwortet Peter, „und wenn Seeberger abspringt, haben wir hier im Betrieb wirklich ernsthafte Schwierigkeiten. Außerdem, und das macht es wirklich kompliziert, bin ich der Meinung, dass die Lösung mit einem Finanzinvestor gar nicht so schlecht ist.

Die Bedingungen könnten zwar besser sein, aber ich glaube auch nicht, dass die Familie, respektive Michael, die Fortführung des Betriebs alleine schaffen kann."

„Jean ist ja auch der Meinung, dass die Lösung mit einem Finanzinvestor so schlecht nicht ist", bestätigt ihn Thomas in dieser Einschätzung.

„Was soll ich also tun? Lehne ich den Vertrag ab oder gehe zu meiner angeheirateten Familie, wird Seeberger keine Finanzierung von der GERMAN PROFIT bekommen. Bis er von einer anderen Bank eine Finanzierungszusage hat, vergehen mindestens zwei Monate, und mein Arbeitgeber bekommt existentielle Schwierigkeiten. Die haben wir dummerweise jetzt schon. Der Immobilienmarkt funktioniert momentan leider nicht so. Brosinski wird aber trotzdem an einen Finanzinvestor gehen. Nehme ich den Vertrag an und manifestiere damit meine Überzeugung, so kommt mir das Geld wie ein Judaslohn vor."

„Hast du wenigstens Helma davon erzählt?"

„Nein, habe ich nicht. Ich habe mich nicht getraut. Du bist der Einzige. Bitte erzähl erst mal niemandem etwas davon. Ich glaube, Silbereisen hat irgendwie seine Ohren überall. Es würde mich auch nicht wundern, wenn er sehr genau wüsste, dass ich damit zu dir gehen würde. Was soll ich tun, Thomas?"

„Ich weiß es nicht. Du hattest es doch schon gesagt, dass es nur schlechte Risiken gibt. Lass uns auch darüber nachdenken, ich komme spätestens Ende der Woche nach Blaukirchen. Vielleicht finden wir ja was. Ich muss aber erst mal alles verdauen."

Beiden ist nicht nach einem gemeinsamen Mittagessen. Peter schiebt einen Kunden vor, den er noch besuchen sollte, und Thomas brummelt irgendetwas von seinem Klienten, Kittel, der immer herhalten muss. Und so verabschieden sich die beiden Freunde rat- und hilflos.

Er ist froh, dass das Telefon klingelt und ihn ablenkt. Es ist Klaus Winter, sein alter Studienfreund, der jetzt in Berlin lebt: „Also, ich habe mich da erkundigt über diesen Silbereisen. Er macht in München Karriere und ist in der Hierarchie schon etwas höher geklettert als ich. Allerdings gilt er nicht als Hardliner, sondern als Ziehsohn vom legendären Dr. Hegemann. Der hatte teilweise fast freundschaftliche Kontakte zu seinen größeren Kreditnehmern, die in der Nachkriegszeit teilweise mit seiner Unterstützung bedeutende Unternehmen aufgebaut haben. Da war es nicht üblich, bei kleinen Krisen sofort in Panik zu geraten. Das bisschen, was du mir von der Sache Brosinski erzählt hast, passt nicht recht zu dem, was mir über Silbereisen erzählt worden ist, der viel von der Hegemannschen Schule übernommen hat. Allerdings ändert sich ja auch unsere Bankenkultur schneller als mir recht ist, und so ist es natürlich möglich, dass vormals weitblickende Banker sich aus Übervorsichtigkeit zu Finanzrambos entwickeln."

Mit dieser Information, die er noch nicht recht einordnen kann, sitzt Thomas wieder allein in seinem Büro. Vielleicht sollte er einfach Manni anrufen und eine Runde im Steinbachtal laufen. Vielleicht sollte er alles stehen und liegen lassen, Monika anrufen und nach Mainz fahren. Sie würde sich sicherlich freuen. Er kann sich, am Schreibtisch sitzend, nicht recht entscheiden oder gar aufraffen, überhaupt irgendetwas zu tun. Zweimal will Karin irgendwelche Anrufe durchstellen, die er nicht annimmt. Überhaupt will er erst mal eine Stunde nicht gestört werden, damit er an den Verträgen von Kormann weiterarbeiten könne.

Stattdessen öffnet er wieder diesen Brief von Simone:

Ich möchte aber auch, dass Du verstehst, dass mir immer wieder Menschen begegnen, die mir wichtig werden oder auch sind. Das ist ganz einfach so ...

Was meint sie damit eigentlich? Will sie schon für einen nächsten Harry vorbauen?
Wer ist dieser Harry eigentlich?
Nur ein Freund? Ein Freund, der wichtig geworden ist? Wie wichtig? So wichtig, dass er wichtiger war als ich? Nein, das ist eigentlich geklärt. Es ist nicht Harry. Es ist nicht der Dritte Mann. Es ist nicht mehr so sehr Harry, der ihn stört. Er will wissen, wie einzigartig er eigentlich für sie ist. So viel fährt sie rum in Deutschland – und es waren gerade mal drei Treffen nach ihrem Kennenlernen. Dreimal in einem guten halben Jahr! Gelegenheiten hätte es sicherlich mehr gegeben. Wer ist ihr wichtig? Was ist ihr wichtig? Er hat schon verstanden, dass er ihr etwas, vielleicht sogar viel bedeutet. Er glaubt ihr, dass sie ehrlich ist in ihren Gefühlen zu ihm, wenn sie zusammen sind. Aber gibt es da nicht andere Harrys, bei denen es genauso ist?
„Nein, das halte ich nicht aus!" Und er telefoniert mit Manni, der glücklicherweise Bewegungsdrang und Zeit hat. Sie laufen eine gute Stunde durch den Wald im Steinbachtal in Richtung Höchberg, vorbei am Sportzentrum, wo sie als Studenten viel Zeit verbracht hatten, wo die Welt in der Rückschau doch um so vieles einfacher schien. Thomas steigert das Tempo, Manni nimmt es an, so jagen sie dahin. Thomas atmet heftig, fühlt die Beine schwer werden, aber auch Manni im Nacken. Der Berg ist erst halb bezwungen, jetzt langsamer werden, hieße aufgeben, er denkt nur noch ans Hochkommen, will sich auf keinen Fall eine Blöße geben. Hochkommen, nicht hinter Manni zurückfallen, die

Beine werden schwer und schwerer, die Lungen brennen, da hilft ihm kein Brosinski, da hilft ihm keine Simone, da stört ihn kein Silbereisen. Mit hohem Tempo hochkommen, seinen Körper, seine Kraft, seine Ausdauer spüren. Sich spüren. Das zählt, sonst nichts.

Währenddessen hält Jeff Moser auch nach dem langen Flug von Toronto nicht viel von unverbindlichem Smalltalk und kommt in Dr. Furtners Frankfurter Büro, dem Hauptsitz des EIT, gleich zur Sache: „Was spricht Silbereisen?"
„Er ist mit acht Millionen zufrieden und …"
„Das ist ja auch viel Geld, aber, ehrlich gesagt, hätte ich mit mehr gerechnet", unterbricht ihn Moser echt erstaunt. „Respekt, Herr Dr. Furtner!", legt er mit leichter Ironie nach.
„Danke für die Lorbeeren", antwortet der leicht gequält. „Aber das ist leider nicht alles. Er will auch noch alte Kredite von Brosinski in Höhe von über 200 Millionen Euro neu besichert haben. Am liebsten mit Bürgschaften der GLOBAL ELECTRIC."
„Was soll das denn?", raunzt Moser.
„Das kann man sich wohl denken! Damit stünde er bei der GERMAN PROFIT bestens da. Er hat einen Investor gefunden, der frisches Kapital bringt und die Eigenkapitalquote erhöht, und hat zudem bankintern einen großen Kredit aufgewertet. Da fällt der mit Sicherheit eine Stufe höher in der Hierarchie von GERMAN PROFIT. Zusammen mit unserem kleinen Nebeneinkommen braucht der sich materiell keine Sorgen mehr zu machen. Kriegen Sie das hin mit der Sicherheit?" fragt Dr. Furtner.
„Das müsste klappen. Die Sicherheit belastet unser Budget ja nur mittelbar, aber monetär bewertet, müsste das noch so

in unserem Rahmen liegen. Als wenn er den kennen würde, dieser Hund."

„Ich habe auch den Eindruck, dass Silbereisen seine Ohren überall hat", bestätigt ihn Furtner.

„Wie geht es konkret weiter? Da gibt es doch Widerstände von der Familie Brosinski. Machen die keinen Ärger?" Moser ist neugierig, und sein ruppiger Ton hat eine weichere Färbung bekommen.

„Anscheinend halten die ruhig. Die sind auch in einer misslichen Situation. Die müssen im Moment tun, was die GERMAN PROFIT will. Und GERMAN PROFIT tut anscheinend im Moment das, was Silbereisen will. Und Silbereisen will das, wofür wir ihm gutes Geld zahlen. Das wissen Sie doch! Deshalb können Sie doch Ihr Spielchen spielen!" Furtner bereut sofort, dass er eine Spur zu laut geworden ist.

„Ich frage mich, wer hier mit wem spielt", kontert Moser und fragt ihn nach „dieser Kanzlei Meyer und Schön ... irgendwas ..."

„Schöngeist", hilft ihm Dr. Furtner.

„Na ja, egal, Schöngeist. Nicht egal. Schöngeist passt vielleicht zu Literatur, aber doch nicht zu hartem Business. Und schon gar nicht zu der Art, wie wir hier Geschäfte betreiben. Da wundert es mich nicht, dass die Brosinskis so handsam sind. Haben die keine bessere Kanzlei gefunden?"

„Ob die, die laut poltern und einen längeren Briefkopf haben, damit all deren Partner draufpassen, besser sind, weiß ich nicht", kontert Furtner. „Meiner Ansicht nach haben die mit dieser Kanzlei jedenfalls einen guten Griff getan. Zum einen bewahren sie zusammen mit dem alten Voss die Familie vor einem zerstörerischen Amoklauf, der niemandem helfen würde. Zum anderen arbeiten beide so effektiv und sauber an den Details des Vertragsentwurfes, dass sie uns das Leben etwas schwer machen und die Brosinskis keinen Ärger mehr haben werden, wenn sie sich irgendwann einmal grundsätzlich mit der Übernahme abgefunden haben." Furtner wundert sich selbst, dass er Schöngeist so verteidigt. Schwingt da eine leichte Sympathie mit, die er sich auf keinen Fall leisten kann?

„Was wissen oder ahnen die über die Hintergründe?" Moser bleibt hartnäckig, auch wenn er inzwischen moderater im Tonfall geworden ist und sich mittlerweile auch einen Kaffee, der am Tisch bereitsteht, eingeschenkt hat.

„Ich kann nicht Gedanken lesen, aber ein früherer Kollege von mir, André Martini, arbeitet als Bereichsdirektor bei Brosinski und hat kürzlich bei einem vertraulichen Abendessen mit Michael Brosinski die ganze Affäre angesprochen. Soweit er es raushören konnte, hat Brosinski keinen Verdacht, dass Straw oder GLOBAL ELECTRIC hinter EIT stehen könnten. Martini hat dem jungen Brosinski meine Visitenkarte gegeben, und der hat mich letzte Woche angerufen und um ein Gespräch unter vier Augen gebeten. Wir haben uns dann am Flughafen in der business lounge getroffen. Ich glaube, der ist glücklich, wenn er Vorstandsvorsitzender bleiben kann und würde sich dadurch gestärkt fühlen gegenüber den vielen Angriffen, denen er seit der Krise ausgesetzt ist. Eigentlich ein netter Kerl, aber ich glaube, dass ihm der Laden eine Nummer zu groß ist."

„Noch mal zurück zu dem Schöngeist. Was für ein Name!" Moser lässt nicht locker. „Was weiß denn der über die Hintergründe?"

„Darüber wollte ich mich mit Ihnen eben auch unterhalten. Silbereisen hat da ein paar Andeutungen gemacht, dass der wohl mehr weiß als man denkt. Vor allem, der ist nicht zu kaufen."

„Haben Sie es denn überhaupt probiert?"
„Nein, nicht direkt. Wir wissen nicht wie, aber Silbereisen hat den Schwiegersohn von Brosinski in der Mangel. Ne viertel Million und ein bisschen Druck auf seinen Arbeitgeber und er kommt uns nicht mehr in die Quere. Das funktioniert bei Schöngeist nicht. Der hat für seinen eigentlich bescheidenen Lebenswandel keine finanziellen Sorgen." Wieder dieser positive Ton in Furtners Stimme. Eine gewisse Bewunderung, fast ein klein wenig Neid.
„Kann er uns denn überhaupt gefährlich werden?"
„Ich weiß nicht so recht. Sein Partner scheint inhaltlich auf unserer Seite zu stehen, jedenfalls macht er sich aus analytischen Gründen für die EIT stark. Zumindest meint dies ein alter Bekannter von mir, der den Voss wiederum kennt. Und wenn Schöngeist eine Schwäche hat, dann die, dass er in solchen Dingen absolut loyal zu seinem Partner steht. Auf der anderen Seite scheint er ein hoffnungslos romantischer Schwärmer zu sein. Es ist nicht auszuschließen, dass er revoluzzerähnlich einen Rachefeldzug gegen diese in seinen Augen feindliche Übernahme startet. Ein paar Fakten an den Betriebsrat, ein kleiner Artikel in der Zeitung, ein paar Hintergründe – und unser Deal würde ins Wanken geraten. Die Mehrheit in der GERMAN PROFIT für Silbereisen und dessen Kurs sieht zwar auf den ersten Blick beeindruckend aus, ist aber, soweit ich weiß, sehr bröckelig. Die weichen von ihrem jetzigen Kurs sofort ab, wenn dieser öffentlich mit Bestechung oder ähnlichen Dingen in Verbindung gebracht wird! Dann ist es aus, und Straw macht mich rund! Für mich ist er eine Gefahr! Definitiv. Sein Vater war Werkzeugmacher bei Brosinski, und Thomas Schöngeist ist seiner Heimatstadt und deren Strukturen anscheinend sehr verbunden." Furtners Angst, dass Schöngeist seine Pläne kon-

terkarieren könnte, überlagert die positiven Schwingungen von eben.

„Da wird's doch wohl irgendwelche Frauengeschichten oder so was geben!? Irgendwie muss man dem doch Druck machen können!"

„Die gibt's eigentlich nicht. Silbereisen hatte auch hier schon vorgebaut. Nehmen Sie sich in Acht, Moser, der treibt ein perfides Spiel!"

„Wie hat er vorgebaut? Was meinen Sie?"

„Nun, er hat schon zu Beginn der ganzen Geschichte eine Frau auf Schöngeist angesetzt. Wie er das geschafft hat, weiß ich nicht so genau. Silbereisen hat schon sehr früh die familiären Verflechtungen gekannt und mir scheint, als verfüge er über jeden der Beteiligten eine ausführliche Biographie mit integriertem Psychogramm. Er hat wohl von Anfang an die Geschichte so gesteuert, dass die Kanzlei Meyer & Schöngeist die BROSINSKI AG vertritt."

„Wie hat er das denn gemacht?" Mosers überlegenes texanisches Gehabe von eben ist mittlerweile in seiner Neugierde aufgegangen.

„Genau weiß ich das nicht. Anscheinend ist er ein guter Schachspieler. Voss sein Turm, Schöngeist sein Läufer, Straw sein Springer und Brosinski sein gegnerischer König."

„Und Sie? Welche Figur sind Sie in diesem Spiel?", frotzelt Moser.

„Woher soll ich das wissen? Letzthin, nachdem er mich auf dem Empfang angesprochen hatte, habe ich mir gedacht, dass ich einer seiner Bauern bin, ganz vorne und jederzeit ersetzbar." Dr. Furtner klingt etwas frustriert. „Und zurückziehen darf ich nicht."

„Werden Sie nicht philosophisch! Was ist das für eine Frau und was hat Silbereisen mit dieser Frau gemacht?"

„Keine Ahnung. Die Hoffnung von Silbereisen war wohl, dass sich daraus was machen ließe. Entweder, dass die Frau Informationen von ihm bekommt, oder ihn beeinflusst oder aber diese Affäre an sich verwertbar ist."

„Und?" raunzt Moser wieder.

„Silbereisen kennt Schöngeist mittlerweile wohl in- und auswendig. Aber Druck scheint er nicht daraus machen zu können."

„Und was wird er tun?"

„Mehr hat Silbereisen mir nicht verraten. Ich glaube ohnehin, dass er mir nur einen Bruchteil von dem erzählt hat, was er über Brosinski und sein Umfeld weiß. Und von dem, was er tut, weiß ich so gut wie nichts. Aber ich bin sicher, er steuert weiter seine Figuren."

„Was schlagen Sie vor?" Moser will pragmatisch bleiben und sich nicht auf Furtners Schachspiel einlassen.

„Ich schlage gar nichts vor. Ich meine nur, dass Schöngeist eine Gefahr für uns darstellen könnte", windet sich Furtner.

„Also tun Sie was! Damit Sie nicht zum Bauernopfer werden!"

7. Dezember

Am nächsten Tag ruft Monika Thomas im Büro an: „Ich muss morgen in Nürnberg sein, da könnte ich heute Abend bei dir vorbeikommen?!"

Voller Vorfreude macht Thomas früher Schluss, fährt in der beginnenden Abenddämmerung den Main entlang nach Zellingen, kauft frische Forellen und, wieder in der Stadt, noch Antipasti und Gewürze in einem Feinkostladen. Die Küche in seiner geräumigen Altbauwohnung mit Blick auf den Main ist gut eingerichtet, aber viel zu selten richtig gefordert. Er kostet schon mal ein Gläschen von seinem 'Würzburger Stein', denkt dabei kurz an Tucholskys Trinkgelage in diesem Wirtshaus im Spessart, und schon nach wenigen Minuten sieht es in der Küche so richtig gemütlich aus. Als es klingelt, ist die Flasche fast leer. Aber von diesem Wein hat er genug. Für besondere Gelegenheiten eben.

Seine fast ausgelassene Heiterkeit ist schnell dahin, als er Monika so klein, verloren und traurig in der Tür stehend in seine Arme nehmen will. Sie wehrt ab: „Ich muss dir was erzählen!"

„Wollen wir nicht erst essen", reagiert Thomas unbeholfen, „oder erzähl mir beim Essen."

„Nein, gleich. Wir können ja ein Glas Wein dazu trinken."
Monika hält sich trotz ihres niedergeschlagenen Eindrucks aufrecht und bestimmt, aber distanziert.

„Also, Thomas. Ich habe lange mit mir gerungen, zu dir zu kommen, dir dies alles zu erzählen. Es fällt mir sehr schwer. Ich bitte dich nur darum, dass du mich ausreden lässt und mich nicht vorher rauswirfst."

„Aber Monika! Warum sollte ich dich rauswerfen?"

„Also, ich hab dir doch von diesem kleinen Mädchen erzählt, das an Masern gestorben ist. Ich habe sie in der Zeit behandelt und es ist mir nicht gelungen, das traurige Schicksal abzuwenden. Vielleicht habe ich auch nicht alles richtig gemacht. Die verzweifelten Eltern warfen mir grobe Behandlungsfehler vor, und die Sache ist in der Tat so verworren, dass sie vielleicht oder sogar wahrscheinlich vor Gericht Recht bekommen hätten. Du weißt ja, glaube ich, was Recht haben und Recht bekommen im tieferen Sinn wirklich bedeutet. Da gab es dann Gutachten und Gegengutachten. Schon allein diese haben mich finanziell an den Rand des Ruins gebracht. Irgendwann hat mir mein Anwalt geraten, die Sache gütlich – gütlich! – zu bereinigen. Das wurde dann auch mit einer Zahlung von 250 000 Euro geregelt. Nur hatte ich diese nicht. Ich musste einen Kredit aufnehmen, was angesichts der mir entgegengebrachten Vorwürfe nicht ganz einfach war. Schließlich drohte auch der Entzug meiner Approbation. Die GERMAN PROFIT hat mir schließlich diesen Kredit zugesagt. Damit schien die Sache erledigt. Ich konnte nach Mainz wechseln, wo ein ehemaliger Professor von mir tätig war, und ich glaubte, wieder Ruhe von dieser Sache zu finden. Kurz nach der Zusage vor einigen Wochen ruft mich ein Herr von der GERMAN PROFIT an und teilt mir mit, dass das Kreditengagement wieder in Frage stehe. Er hat mir irgendwelche Gründe vorgesäuselt, die ich kaum wahrgenommen und somit auch nicht verstanden habe. Ich konnte die ganze Nacht nicht schlafen, war vollkommen verzweifelt. Am nächsten Morgen ruft mich dieser Mensch wieder an und meint, dass er eine Lösung für mich wisse. Ich bekäme den Kredit, wenn ich zu einem bestimmten Zeitpunkt am Frankfurter Bahnhof an Gleis 8 auf einen Mann warten würde, mit in den Zug nach Würzburg einsteigen würde und ihn dort in ein kurzes Gespräch verwickeln und seine Visitenkarte bekommen würde. Ich könne in Aschaffenburg wieder aussteigen, und die Geschichte wäre erledigt."

„Monika", stöhnt Thomas entsetzt.

„Du wolltest mich nicht unterbrechen", fährt Monika mit versteinerter Miene fort. „Am nächsten Tag rief mich diese Kanaille wieder an und forderte mich auf, eine Mail an dich zu schreiben. Den Inhalt kennst du ja. Der Kredit wäre immer noch nicht sicher, aber ich bekäme die Hälfte davon erlassen, wenn ich das tun würde. Es dauerte nicht lange, da rief er wieder an, und ich glaube, du kennst den Rest der Geschichte. Aber sie ist nicht so einfach. Einfach ist sie ohnehin nicht, denn ich habe mich bei unserem ersten Treffen im Taunus in dich verliebt, und das in Berlin war allein meine Sache und hat mit Silbereisen nichts zu tun. Und jetzt kannst du mich rausschmeißen!"

Thomas bewegt sich nicht, sagt auch nichts, er wirkt apathisch und abwesend. Auch Monika schweigt. So vergehen die Minuten, die Zeit scheint mit Monikas letztem Satz stehen geblieben zu sein.

„Willst du dableiben?", fragt Thomas, aus einer versteinerten Ewigkeit heraus.

„Ja, ich glaube schon. Aber ich komme mir so schmutzig vor, weil ich diese Liebesnacht mit dir verbringen durfte, obwohl ich dich aufs Niederträchtigste kennen gelernt und benutzt habe."

„Bleib da", sagt Thomas nach kurzem Überlegen und holt noch eine Flasche 'Würzburger Stein'. „Bleib da und koste etwas von der Forelle. Oder trink einfach nur den Wein, aber bleib da! Lass uns weiterreden!"

„Gib mir erst mal einen Schnaps", wünscht Monika dankbar. Dann erzählt sie noch einmal die tragische Geschichte von dem Mädchen im Frankfurter Klinikum, ihre unglückliche Verstrickung. Ein Kollege in der Nachtschicht hatte sie erstversorgt. Erst nachdem sie ihn abgelöst hatte, trat die Krise auf. Sehr heftig. Im Krankenblatt war als Diagnose Lungenentzündung angegeben. Die Symptome passten dazu. Sie vermutete, dass das Antibiotikum nicht ansprechen würde, und wechselte das Präparat. Doch die Krise verstärkte sich. Dann war plötzlich klar, dass es sich um Masern handelte, doch da war es zu spät. Monika hat Tränen in den Augen und weint heftig, als sie vom Tod der kleinen Elena erzählt.

„Das lässt dich nicht mehr los?", fragt Thomas nach einer Weile.

„Nein, das wird mich immer verfolgen. Wie sie plötzlich leblos daliegt. Das kleine blasse Gesicht, unschuldig, nicht mehr atmend. Thomas, das ist so schrecklich!"

Darauf weiß Thomas nichts zu sagen und nimmt Monika in seine Arme, nicht nur aus Mitleid, er will sie an sich drücken. Die Nacht in Berlin, die besondere erotische Spannung, dieser Ansatz von Vertrautheit. All das ist nicht verloren. Er hat sie lieb gewonnen. Und er hat sie begehrt. Auch wenn es ihm jetzt schwer fällt, den Kauf der ersten Begegnung und, noch schlimmer, den Verrat hinter der gekauften ersten Begegnung zu verdauen, begehrt er sie immer noch. Diese Wirrnis der Gefühle passt sich ohnehin ein in die unübersichtlich gewordene Geschichte. Es tut ihm gut, mit Monika darüber zu sprechen, obwohl sie oder vielleicht auch weil sie so unheilvoll darin verstrickt ist.

Monika ist sichtlich erleichtert, dass Thomas ihr Geständnis so beherrscht aufgenommen hat und sich nicht von ihr abwendet: „Ist denn die Forelle noch …?"

„Die ist längst wieder kalt. Ich wärm' sie uns auf."

„Wart noch ein bisschen, wärm' mich zuerst."
Es dauert nicht lange, bis beide in heftiger, fast hastiger Gier nach körperlicher und emotionaler Nähe nackt auf dem Teppich liegen und in Monika die gesamte Anspannung ihrer letzten Wochen explodiert, als Thomas in sie dringt.
Entspannt sitzen beide danach am Küchentisch und Thomas erzählt von Peter, den Silbereisen bestechen will, und von der geheimnisvollen Notiz.
„Wer ist denn H?", fragt Monika sofort.
„Das weiß ich nicht."
„H kennen wir nicht", sinniert Monika, „also müssen wir uns mit S, der wahrscheinlich Silbereisen ist, beschäftigen. Was weißt du über Silbereisen sonst noch?"
Thomas erzählt, was er von seinem ehemaligen Kommilitonen, Klaus Winter, über ihn gehört hat.
„Moment mal, er gilt als Ziehsohn von wem?" Monika ist ganz aufgeregt.
„Doktor …" Thomas zögert einen kurzen Moment: „Monika! Gut, Hegemann! Vielleicht unser H?"
„Und wer ist Dr. Hegemann? Ein Banker, der mit hochrangigen Industrievertretern Darlehen aushandelte! Du wirst doch wohl rausbekommen, ob nicht Hegemann auch mal Kredite für Brosinski einfädelte."
„Monika! Warum komme ich da nicht selbst drauf?"
„Weißt du, ohne dich wäre ich nie drauf gekommen. Ich fühle mich gerade so unbeschwert, so beschwingt. Das Denken, das Leben fällt mir leicht. Noch vor zwei Stunden war ich nicht mehr als ein Häuflein Elend. Und jetzt …!" Sie drückt Thomas einen Kuss auf die Lippen. „Danke!"
„Also nehmen wir einmal an, dass sich hinter H dieser Hegemann verbirgt. Dann schreibt Brosinski also an einen

ehemaligen Banker von der GERMAN PROFIT, dass er mit Silbereisen zufrieden ist, weil er die Situation im Griff hat. Das ist ja komisch. Er war in Sorge wegen Professor Voss, weil er von ihm mehr erwartet hatte. Anscheinend hat Voss weniger gebracht als erwartet oder befürchtet, das hat ihm seine Sorgen genommen. In diesem Zusammenhang klingt das Kompliment an euch etwas zweifelhaft. Also irgendwie ist alles ziemlich verdreht."

„Monika", unterbricht Thomas sie, „weißt du, was ich ganz gerne mag?"

„Nein, ich hoffe mich!"

„Genau, schöne, intelligente Frauen!"

„Wieso Frauen? Aber jetzt hast du mich aus dem Konzept gebracht!"

„Also, alles ist ziemlich verdreht!", hilft ihr Thomas.

„Genau!"

„Nehmen wir mal an, es ist alles genau um 180 Grad verdreht", spinnt Thomas den Faden weiter.

„Das heißt, alle Dinge sind auf den Kopf gestellt, also schauen wir uns mal die Negative der Fotos an." Monika greift gleich Thomas' Gedanken auf.

„So was gibt's heute doch nicht mehr, im Zeitalter der digitalen Fotos", entgegnet Thomas trocken.

„Das ist ja das Problem unserer Zeit. Sie wird anscheinend immer eindimensionaler", kontert Monika. „Jetzt machen wir aber mal weiter!"

„Womit?" grinst Thomas.

„Mit was denn wohl! Alles ist ganz anders als man denkt. Was denkst du denn?"

Thomas zeigt, weiterhin grinsend, auf den Teppich: „Ich dachte, du wolltest da weitermachen, wo wir eben aufgehört haben."

„Thomas, so kommen wir doch nicht weiter!" Monika schubst ihn etwas verlegen in die Seite.
Nach dem verbalen Geplänkel konstruieren sie doch noch folgende Version: Brosinski ist zufrieden mit der Arbeit Silbereisens. Also wäre er zufrieden mit dem Schicksal seiner Firma. Dann scheint es ihm also recht zu sein, dass sie verkauft wird. Vielleicht, weil die Firma schon während seiner letzten Jahre nicht mehr so gut lief, was er noch irgendwie kaschieren konnte. Man könnte sogar interpretieren, dass ihm der Verkauf nicht nur recht, sondern, dass es von ihm so gewollt sei.
Später, als beide im Bett liegen und Monika eng an Thomas gekuschelt schon eingeschlafen ist, betrachtet Thomas in Gedanken die Vorgänge aus diesem neuen Blickwinkel. Brosinski will das so! So könnte man zwar den Brief interpretieren, sonst passt da aber gar nichts. Zum Beispiel der demütigende Bittgang von Brosinski zu Bernard Straw. Oder das apathische Sich-Zurückziehen eines gebrochen wirkenden Mannes. Alles ist auf den Kopf gestellt, alles ist ganz anders ...
Monikas körperliche Nähe tut ihm gut und entspannt ihn. Im Rhythmus ihrer tiefen Atemzüge döst er im Halbschlaf immer tiefer in einen Wachtraum hinein. Und plötzlich erlebt er die Geschichte ganz klar und eindeutig. Nur so kann es sein, und alles fügt sich ineinander. Froh und beruhigt, endlich den Faden gefunden zu haben, schläft er vollends ein. Am nächsten Morgen weiß er, dass er die Lösung nun kennt – aber er kann sich nicht mehr an sie erinnern.

8. Dezember

BLAUKIRCHENER NACHRICHTEN

Wie aus gut informierten Quellen zu erfahren war, sei die BROSINSKI AG nicht mehr im Familienbesitz zu halten. Tatsächlich seien die Gespräche mit einem Finanzinvestor schon weit fortgeschritten. Die Transaktion soll innerhalb der nächsten zwei Wochen abgewickelt werden. Was das für unsere Region und für die dort tätigen Arbeitnehmer bedeuten kann, hat Egon Müller, der Betriebsratsvorsitzende, kürzlich in einem Redaktionsgespräch dargestellt. Mittlerweile scheint sich immer mehr zu bestätigen, dass die BROSINSKI AG dieses Geschäftsjahr mit einem Verlust von über vierzig Millionen Euro abschließen würde. Umfangreiche personalpolitische Maßnahmen wären nicht auszuschließen. Angeblich seien über tausend Arbeitsplätze in Gefahr.

11. Dezember

Thomas geht den Bahnsteig auf und ab und versucht, sich zu sortieren. Es graupelt nasskalt. Auch hier in Stuttgart hat bleikaltes Dezembergrau schon lange den winterlichen Schnee von Ende November auf- und abgelöst. Das Gespräch mit Monika vor ein paar Tagen, die Brosinski-Geschichte, die so tragisch in Blaukirchen begonnen hatte und immer mysteriöser wird, die undurchsichtige Rolle von Silbereisen. All das schwirrt chaotisch in seinem Kopf herum und wird doch überlagert von dem schon fast bangen Gefühl, Simone endlich wieder zu sehen. Kann er sie ganz unbeschwert in die Arme nehmen, nach allem, was mit Monika passiert ist?
Trotz der Kälte wird ihm warm. Er ist nervös, als der Zug endlich einfährt. Kurz denkt er auch an Marie, auf die er vor über zwanzig Jahren auf einem Bahnsteig gewartet hatte ... Hunderte von Reisenden, alt und jung, Mann und Frau, steigen aus. Er versucht, in dem Getümmel überall seine Augen zu haben, aber er findet sie nicht. Erst als der Bahnsteig sich langsam leert, sieht er sie am hinteren Ende. Zuerst kann er ihre Gestalt nur erahnen. Dann, als sie sich entgegengehen, erkennt er ihr Gesicht, das voller Vorfreude lacht. Seine Bedenken, seine düsteren Gedanken sind wie weggeblasen, als sie sich wie selbstverständlich zur Begrüßung umarmen, ihre Körper sich nur kurz lösen, um einander in die Augen sehen zu können. Da spürt Thomas eine Ahnung von Glück.
Sie nehmen im Hotel das Zimmer nur kurz in Beschlag, um ihr Gepäck loszuwerden. Von dort gehen sie in den Hofgarten, wo das Dunkel der Wege durch die milchigblassen Lichtkreise der Laternen unterbrochen wird, die letztlich

gegen diesen mittlerweile schon tiefgrauen Nebel keine wirkliche Chance haben. Das stört die beiden nicht. Ganz im Gegenteil, die Geräusche des Verkehrs sind gedämpft, nur wenige andere Spaziergänger unterwegs. So haben sie das Gefühl, ganz für sich zu sein.

Und Thomas erzählt so, wie es ihm am Bahnsteig und schon die letzten Wochen immer wieder durch den Kopf gegangen war. Auch wie es zu seiner ersten Begegnung mit Monika gekommen war, bis hin zu der Notiz vom alten Brosinski an H.

„Aber Thomas, in welche Welt bist du denn hier geraten?", fragt Simone halb sorgenvoll, halb lachend.

„Welche Welt meinst du, Simone?" Thomas wirkt etwas verzweifelt. „Die wirkliche oder die, in der ich lebe?"

„Wieso, du lebst doch in der Wirklichkeit." Simone versucht, sich nicht auf diese existentialistische Ebene einzulassen.

„Welche Wirklichkeit ist denn die wirkliche?"

„Wie meinst du das?" Simone klingt fast abwehrend.

„Na ja, was ist Wirklichkeit, also was ist unser wirkliches Leben? Ich meine unser eigenes Leben. Und wann ist unser Leben nur noch ferngesteuert? Ist es in diesem Fall immer noch unser eigenes Leben?"

„Aber Thomas, das ist doch ein alter Hut. Natürlich können wir nicht nur unser eigenes Leben leben. Wir müssen Rücksicht nehmen und wir sind sicherlich durch unsere Umwelt gesteuert. Mal mehr, mal weniger. Und ob es so reizvoll ist, Eremit zu sein, weiß ich nicht. Dann hätten wir uns auch nicht kennen gelernt."

„Ich glaube, das meinte ich nicht. Träume ich mir nicht eine Wirklichkeit zusammen, die mit der wahren Welt nichts zu tun hat? Also eine Fiktion. Und wie kann aus so einer fiktiven, fremdgesteuerten Situation so etwas wie Liebe entstehen ...?"

„Was soll ich denn jetzt dazu sagen, wenn du auf Monika anspielst?" Simone versucht, betont heiter zu klingen. Trotzdem hört er ein leichtes Zittern in ihrer Stimme.

„Oder ist Liebe immer Fiktion in einer Wirklichkeit, die ganz anders ist als man denkt?"

„Ach Thomas, jetzt werd' halt nicht so tiefsinnig!"

„Na ja, warum können wir unsere Liebe, die doch echt ist, nur in uns beiden entstanden ist, nicht leben? Warum bleibt unsere Liebe ein Traum und entfernt sich damit von der Wirklichkeit, während aus einer hinterlistig gesteuerten Begegnung eine gelebte und lebbare Beziehung entstehen könnte? Sag mir, was wahr ist. Ich weiß es nicht mehr!"

„Vielleicht trauen wir uns einfach nicht!" Kein Zittern mehr in Simones Stimme. Auch kein Vorwurf, aber eine klare Ansprache.

„Wieso wir?" Thomas' Worte klingen wie kurze Stöße: „Du traust dich nicht!"

„Du hast vielleicht Recht. Ich traue mich nicht. Aber hast du je ernsthaft versucht, mich mit deiner Liebe in dein Leben mitzunehmen?"

„Das konnte ich doch nicht. Du wolltest das doch auch nicht." Thomas ereifert sich: „Schließlich bist du glücklich mit deinem Günther."

„Das stimmt schon. Irgendwie. Aber du hast es nicht versucht. Du hast nicht versucht, mich mitzunehmen. Meine Realität war so faktisch für dich, dass du gar nicht versucht hast, eine eigene Realität zu schaffen."

Da fährt ihr Thomas entrüstet ins Wort: „Ich kann doch nicht gegen deinen Willen eine eigene Realität für uns beide schaffen!"

„Wer sonst, wenn nicht du? Schau dir die Personen in dieser Geschichte an, die du mir eben erzählt hast, die deine Geschichte und damit irgendwie zumindest deine Wirklichkeit ist: Peter Schneider, der sich zu Höherem berufen fühlt, fristet ein für seine Möglichkeiten kümmerliches Dasein in einer Immobilienfirma. Wollte er sich sein Leben so gestalten? Oder hat er sich selbst blockiert, während er selbstmitleidig um die Gunst seines Schwiegervaters buhlte? Michael Brosinski, der im Schatten seines Vaters wachsen sollte und dabei nie dessen Größe erreichen konnte. Dabei glauben alle um ihn herum, dass er einen Platz an der Sonne innehat, den sie ihm neiden. Monika Gross, die sich in einer ausweglosen Situation wähnt und Dinge tut, die sie verabscheut. Der alte Brosinski, der sich einen Lebenstraum erfüllt hat, der wohl sein Leben gelebt hat, alles erreicht hat und dem, kurz bevor sein Leben zu Ende geht, alles zerbricht. Wird er dann trotzdem das Gefühl behalten, sein Leben gelebt zu haben? Über diese Ausführungsgehilfen, Furtner, Martini, Moser und wie sie alle heißen, wissen wir zu wenig. Aber Silbereisen. Silbereisen ist interessant und ambivalent. Fast mit Gewalt steuert er Menschen gegen ihren Willen so, dass sie seinen Zielen dienlich sind. Dabei ist er nur Angestellter und die Ziele sind ihm von seinem Brötchengeber vorgegeben. Ist es jetzt sein Ziel, oder das der Bank? Na ja. Ist auch egal. Oder doch nicht. Würde er, könnte er frei leben, auch Schicksale zerstören wollen?"

„Was hat das jetzt mit mir zu tun?", erwidert Thomas.

„Na, du lebst doch ein Leben. Du bist selbstständig, finanziell unabhängig. Niemandem verpflichtet. Du bist frei – und keiner kann dich unter Druck setzen."

„Ich lebe mein Leben? Da lache ich doch! Nächtelang verglühe ich in Sehnsucht nach dir. Ich kann vielleicht den

Schmerz der Sehnsucht ausleben, aber nicht meinen Wunsch, mit dir zusammen zu sein."
„Du weißt schon, was ich meine." Die Sanftheit und Wärme in Simones Stimme fängt Thomas wieder ein. Er zieht sie an sich und sie erwidert lange seinen Kuss, bevor sie fortfährt: „Dich setzt doch so schnell keiner unter Druck. Komm, zeig mir mal diesen Brief!"
Sie gehen zu einer Laterne. Im düsteren Licht lesen sie, Thomas schon zum wiederholten Mal:

Lieber Dr. H,
hoffentlich haben Sie die Festlichkeiten zum Geburtstag Ihrer Frau zusammen mit ihrer großen Familie gut überstanden.
Herzlichen Dank für Ihre Bemühungen. Mit der bislang geleisteten Arbeit kann man zufrieden sein. S hat die Situation anscheinend im Griff. Meine Leute verharren wie üblich und leider vorhersehbar in der Defensive. Ich wundere mich über V. Von ihm hatte ich mehr erwartet und deshalb etwas Sorge. Aber anscheinend war die Kanzlei doch gut gewählt.
Es ist ein Jammer, den Jungen fehlts einfach an Biss. Wir haben früher mehr gekämpft.
Beste Wünsche – vor allem noch mal an Ihre Frau – und kameradschaftliche Grüße

„Nach zerbrochenem Menschen klingt das ja nicht gerade, auch nicht nach Verzweiflung über den Verlust seines Lebenswerkes. Wieso ist er zufrieden?"
Und Simone spekuliert weiter: „Bist du S? V ist wohl Voss und die Kanzlei seid dann ihr. Davon könnte man ja mal ausgehen. Dann ist S jemand anderes als du. Warum hatte er

Sorge, weil er mehr erwartet hatte von Voss? Schließlich lobt er dich und meint dann, dass es den Jungen an Biss fehle. Also da blicke ich nicht recht durch. Da stimmt was nicht."
„Genau, da reimen wir uns wieder so eine eigene Realität zusammen, die nicht stimmt. Das spürt man doch ganz genau. Und da passt gar nichts. Ich selbst hatte bislang wenig direkten Kontakt zu ihm, warum würde er dann in den wenigen Zeilen meine Leistung so hervorheben? Und ich hatte bislang nie den Eindruck als würde mein Arbeitseinsatz von den Brosinskis honoriert werden. S kann nicht ich sein!"
„Aber wer sonst?"
„Probier's doch mal mit Silbereisen!"
Simone schüttelt nachdenklich den Kopf: „Das macht doch wirklich keinen Sinn. Du sagtest mir, dass Silbereisen die zentrale Figur bei der drohenden Übernahme sei. Also ist er für die Brosinskis eine persona non grata. Würde Silbereisen, respektive die GERMAN PROFIT, nicht diesen restriktiven Kurs fahren, gäbe es für die Familie gute Chancen, aus eigener Kraft zu überleben."
„Ich habe gestern noch mit Manni gesprochen, er hat sich auf meine Bitte hin die Jahresabschlüsse noch einmal genauer angesehen und er meint, es gäbe Indizien, dass wohl schon seit drei Jahren nur mit viel Mühe und wirklich kreativer Buchführung das Betriebsergebnis enorm geschönt worden ist. Da gibt es zwar nichts Strafbares, weil es sich letztlich nur um Periodenverschiebungen handeln würde. Verifizieren könne er das aber nur, wenn er wirklich in deren Buchhaltung schauen könnte. Wenn es allerdings so wäre, so würden irgendwann diese zu gut dargestellten Millionen als negatives Ergebnis wieder ans Licht kommen. Das könnte durchaus in diesem Jahr der Fall gewesen sein."

„Also stand die Firma schon vor dem Führungswechsel nicht mehr so positiv da?"

„So scheint es, wenngleich in diesem Jahr tatsächlich noch einiges andere draufgepackt wurde."

„Aber das allein wäre vielleicht nicht ganz so schlimm gewesen und hätte die GERMAN PROFIT unter Umständen nicht zu dieser harschen Reaktion provoziert", vermutet Simone und lässt sich weiter mitreißen von dem geheimnisvollen Verwirrspiel.

„Kann sein", Thomas brummelt nachdenklich vor sich hin.

„Komisch, das, was dein Freund Manni gesehen hat, müssten die doch auch sehen und wissen."

„Manni hat beim ersten Durchstudieren auch nichts bemerkt. Ich musste ihn sehr bitten, noch einmal genauer zu suchen."

„Warum denn eigentlich?"

„Ich hatte so ein Gefühl. Schließlich sind solche Zahlen ja Abbild des menschlichen Tuns eines Jahres. So kryptisch sie auch scheinen mögen, hoffe ich, dass man aus den Zahlen dieses menschliche Tun wieder erschließen kann."

„Na ja, auch ein interessanter psychologischer Ansatz!"

„Mach dich nicht lustig, schließlich ist unser Verhalten doch stark geprägt von unserem wirtschaftlichen Leistungsvermögen und dem daraus resultierenden Wohlstand."

„Woraus dann der Druck entsteht, dem Monika nur durch einen verräterischen Hinterhalt zu entrinnen können glaubte …", spottet Simone.

„Aber noch mal zu Silbereisen. Auch mein ehemaliger Kommilitone Klaus Winter zeichnet, allerdings aus zweiter Hand, ein Bild von ihm, das nicht zu unserem passt. Er sei kein Rambo, der Arbeitsplätze aufs Spiel setze, vielmehr lange zu seinen Unternehmen hielte …"

„Also nehmen wir das S doch für Silbereisen.

Herzlichen Dank für ihre Bemühungen. Mit der bislang geleisteten Arbeit kann man zufrieden sein. S hat die Situation anscheinend im Griff. Meine Leute verharren wie ...

Da ist doch ein Widerspruch. Er ist zufrieden mit Silbereisen. Dem Menschen, der ihm vermeintlich sein Lebenswerk zerstört?" Simone schüttelt den Kopf.
„Du sagst es, vermeintlich ..."
„Thomas, ich glaube, wir müssen die Geschichte neu ordnen!"
„Komm, Simone, lass uns was essen gehen, damit zumindest in unseren Mägen wieder Ordnung herrscht."
Nicht weit entfernt lädt eine Kneipe ein, eher zum Biertrinken, vielleicht auch zum Essen. Als sie reinkommen, schlägt ihnen rauchige, warme Luft entgegen. Sie können kaum etwas sehen, dafür aber hört Thomas im Hintergrund Herbert Grönemeyer singen:

*Ich kann nicht mehr seh'n
trau nicht mehr meinen Augen
kann kaum noch glauben ...*

Es ist warm und gemütlich. Sie sind froh, noch einen Platz zu finden. Sie sitzen sich gegenüber, schauen sich schweigend an. Thomas verliert sich in ihren tiefen braunen Augen und rettet sich vor dem Ertrinken, indem er das Bier ansetzt, das eben gebracht wird. Er bricht als erster das nicht unangenehme Schweigen:
„Du sagst es, wir beide müssen unsere Geschichte neu ordnen!"

14. Dezember

Matthias Adler treibt es an diesem kalten Dezembertag noch einmal die brasilianische Hitze durch seinen Körper. Aber diesmal nicht angenehm warm, sondern Angstschweiß wallend. Die Fotos sind nicht einmal schlecht gelungen. Die vollen Brüste von Eleonore, ihr geschmeidiger Körper. Alles aufs Vorteilhafteste in Szene gesetzt. Ja, offensichtlich in Szene gesetzt ...
Nur er macht eine jämmerliche Figur. Wie er blindgeil nach ihrem prallen Busen greift und später – die Augen geschlossen – sich irgendwo auf ihrem Körper ergießt.
Aber das ginge ja noch. Es war ein faires Geschäft. Die Begegnung, wenn auch gekauft, war schließlich nicht die schlechteste, und auch die Erinnerung daran erregte ihn immer wieder aufs Neue.
Was ihn unangenehm trifft, ist der kurze Brief dazu:

Wollen Sie wirklich, dass Brosinski oder sonstwer im Betrieb zu sehen bekommt, was Sie auf ihren Dienstreisen so treiben?
Wenn nicht, setzen Sie sich mit Dr. Furtner von der EIT in Verbindung. Er weiß nichts von diesen Fotos, aber Sie können ganz offen nach Thomas Schöngeist fragen. Ob Furtner nicht auch der Meinung ist, dass der zu viel weiß.

15. Dezember

Nur wenige Tage nach dem Treffen in Stuttgart sitzt Simone im Zug nach Würzburg. Am Fenster fliegen weiße, große Schneeflocken vorbei. Sie verschmelzen mit der graubraunen, nassen Erde, und es bleibt nur ein schmutziges Weiß liegen. Sie beobachtet dieses unwirtliche Wetter, ohne es richtig wahrzunehmen. Nicht diese triste, graue Gegend beschäftigt sie, sondern ein Angebot von der bislang nur europaweit agierenden Personal- und Unternehmensberatungsfirma 'P&E'. Schon vor ein paar Monaten hatte sie deren Personalmanager angerufen: 'P&E' wollen in Boston eine Niederlassung aufbauen. Ob sie nicht Interesse an dieser Aufgabe hätte? Das Werben dieser Firma hatte trotz ihrer anfänglichen Absage nie gänzlich nachgelassen. Vor drei Tagen hatte der Personalchef ein Mittagessen mit ihr arrangieren können, bei dem er ihr sehr attraktive Konditionen bot. Auch die Möglichkeit, zunächst nur für drei Monate nach Boston zu fahren, um die Verhältnisse vor Ort kennen zu lernen, erste Kontakte zu knüpfen und die notwendigen Vorarbeiten für die Gründung einer Niederlassung zu beginnen.

Bislang hat sie niemandem davon erzählt. Sie selbst war anfangs nicht recht begeistert gewesen, schließlich lief ihre eigene kleine Beratungsfirma gerade an, und sie fühlte sich letztlich, so, wie sie sich in den letzten Jahren – auch mit Günther – eingerichtet hatte, recht wohl. Doch war das Angebot, das ihr gemacht wurde, wie ein Samenkörnchen auf einen zwar recht spröden und kargen Boden gefallen, war dort allerdings nicht vertrocknet. Es hatte zu keimen begonnen, als sie eine Enge zu spüren begann, sowohl in ihrem kleinen Team, mit dem sie sich selbstständig gemacht hatte,

als auch mit Günther. Eigentlich kaum spürbar. So als ginge man einen Berg hinauf, alles ist schön und wird noch schöner. Nur die Luft wird dünner. Das merkt man beim Gehen zunächst nicht, aber in der Nacht wacht man plötzlich auf, vielleicht von einem Alptraum, hat furchtbaren Durst und ringt nach Luft. Dann wird einem bewusst, dass der Sauerstoff zum Atmen zwar irgendwie ausreicht, aber doch nicht genug ist, um wirklich so intensiv leben zu können, wie man es sich gerne wünschte ...
Das Essen mit dem Personalchef war kurz nach einem heftigen Streit mit Günther, und sie hat zunächst für die drei Monate zugesagt. Im Prinzip konnte sie alle Termine irgendwie mit ihren Partnern koordinieren. Sie hat richtig Lust, für drei Monate Bostoner Luft zu schnuppern, vor allem dem Gefühl der zunehmenden Enge zu entfliehen. In Ruhe könnte sie dann ihre durcheinander geratene Welt sortieren. Sie will auch ein wenig vor Thomas fliehen, den sie in Gedanken immer bei sich trägt und, das wird ihr immer klarer, mit dem sie gerne intensiver leben will. Das Flugticket ist für nächsten Dienstag ausgestellt. Sie freut sich auf Thomas. In einer halben Stunde wird der Zug in Würzburg ankommen.
„Mein Computer war kaputt, und Günther hat ihn repariert. Durch irgendeinen saudummen Zufall hat er den Ordner mit unseren Mails aufgemacht. Er ist richtiggehend ausgerastet. Details will ich dir ersparen, aber es war schrecklich. Ich konnte gar nicht mit ihm reden, ihm nur ansatzweise erklären. Er war verletzt und reagierte fast besinnungslos – wie ein waidwundes Reh. Ich kam nicht mehr ran an ihn. Und konnte ihm nicht vermitteln, dass es an meiner Liebe zu ihm nie einen Zweifel gab. Auch wenn ich natürlich in meinem Leben Menschen begegne und immer wieder begegnen werden, die mir wichtig sind oder werden

können. Das ändert nichts an meiner Liebe zu ihm. Dabei bin ich mir aber nicht sicher, ob nicht dieser Abend doch etwas verändert hat."

„Welcher Abend? Unserer in Hamburg?"

„Unser Abend in Hamburg hat auch viel verändert, aber das meine ich jetzt nicht. Nein, der vor drei Tagen mit Günther natürlich."

„Na ja, seine Eifersucht kann ich schon verstehen. Und das nicht nur, weil ich auch eifersüchtig war. Auf Harry und dann auf all diejenigen, die dir wichtig werden im Leben. Dieser Satz von dir hat mir einen Stich gegeben, dessen Stachel ich immer noch spüren kann."

„Thomas, das hatten wir doch schon. Für mich bist du so einzigartig, da gibt es nichts zu deuteln."

„Und Günther? Was soll er sich denn denken? Da muss er doch eifersüchtig sein. Ist er auch einzigartig? Was heißt das dann eigentlich? Natürlich ist jeder Mensch einzigartig. Aber wenn es so gemeint ist, würde ich mich ja nur zusammen mit Günther in eine lange Schlange von einzigartigen Männern einreihen. Das wäre wahrlich kein Kompliment! Ich will einzigartig für dich sein. Oder genauer, einzig für dich sein. Und das wird Günther wohl auch sein wollen."

„Das stimmt! Er kann so nicht leben, das hat er recht deutlich gemacht. Und er hat mir Angst gemacht damit. Freilich verstehe ich, was du meinst. Ich hüpfe doch nicht mit jedem Mann, den ich interessant finde, ins Bett. Du warst doch der Einzige, und dabei haben wir nie miteinander geschlafen."

„Ich war oder bin der Einzige nach Günther, damit kann ich leben. Aber Günther, er ist jetzt nicht mehr der Einzige. Vielleicht der Erste, aber nicht mehr der Einzige!"

„Was sollte ich denn tun? Wäre es eine Lösung gewesen, wenn es unsere Geschichte nicht gegeben hätte? Deine wunderschönen Briefe, unsere Begegnungen? Unsere Wirklichkeit!"

„Unser Traum, Simone. Es war anscheinend nur ein Traum!"

„Nein, es war nicht nur ein Traum. Ich habe zwar immer geträumt, aber von den wirklichen Begegnungen, die wir hatten. Deine Berührungen habe ich oft im Traum gespürt, aber auch oft mitten am Tag, einfach so, wenn mich irgendetwas an dich erinnerte."

„Wenn ich es nüchtern betrachte, was habe ich Günther denn genommen? Wir haben uns ein paar Mal gesehen in knapp einem Jahr. Insgesamt vielleicht fünfzig Stunden. Fünfzig von achttausend in diesem Zeitraum!?"

„Ist das wieder deine Zahlenpsychologie? Du weißt doch, Thomas, dass es nicht auf die Dauer ankommt."

„Auf was dann?" Thomas klingt gereizt. „Geschlafen haben wir nicht miteinander. Aber selbst wenn, deine Unschuld hätte ich dir nicht mehr nehmen können."

„Ach ja, warum?", antwortet Simone ironisch.

„Na, deine Jungfräulichkeit ist doch längst dahin."

„Red' nicht so komisch, du weißt doch genau, was ich meine und wie Günther denkt und warum er so denkt. Thomas, ich habe Angst. Ich weiß nach seinem Wutausbruch nicht, wozu er fähig ist."

„Und was sollen wir jetzt tun?", entgegnet Thomas schnippisch. Simone lässt sich schon fast von der gereizten Stimmung anstecken und meint verzweifelt. „So geht das nicht mehr weiter. So kann das nicht mehr weitergehen!"

„Das sehe ich ja auch so. Bislang war doch kaum etwas außer einer eher geistigen Beziehung." Thomas ist plötzlich wütend und wird lauter: „Was war denn schon?"

„Thomas, bitte!" versucht ihn Simone zu beruhigen. „Du weißt, dass sehr viel war."

„Und jetzt rastet dein Alter ein bisschen aus, und dann wird alles, was war, weggewischt, dann ist es nicht mehr. Nicht mal mehr Traum, sondern Alptraum!" Thomas ist außer sich.
„Komm her, Thomas, sei doch nicht gleich eingeschnappt. Es ist nicht so, wie du denkst. Hast du nicht Lust, mich zu massieren?"
„Das geht nicht, wenn du in voller Montur bist."
„Gefällt sie dir nicht?"
„Doch, sieht gut aus. Wirklich!"
„Zieh sie mir halt aus, wenn sie dich trotzdem stört!"
Darauf ist Thomas nicht vorbereitet. Im ersten Moment will er noch einmal ansetzen und sich in seinen Ärger weiter hinein diskutieren. Simone, die das spürt, schmiegt sich an ihn: „Willst du wohl nicht?" Nimmt mit beiden Händen seinen Kopf, zieht ihn zu sich und küsst ihn. Nicht auf die Wange oder einen flüchtigen Kuss auf die Lippen. Nein, sie lässt ihn erst los, als es ihr unbequem wird und legt sich bäuchlings aufs Bett.
„So geht das nicht", meint Thomas und dreht sie um, so dass er ihre Bluse aufknöpfen kann. Dabei streichelt er ab und zu leicht ihre Brüste, die noch unter ihrem Büstenhalter verborgen sind und den er so nicht öffnen kann.
„Du wolltest meinen Rücken massieren", ermahnt ihn Simone und dreht sich wieder auf den Bauch. Thomas setzt sich auf ihren Hintern und nestelt etwas ungeschickt den Büstenhalter auf. Dann massiert er zunächst sanft ihren Nacken, ihre Schultern, ihren Rücken und spürt, wie Simone unter seinen Händen weicher und entspannter wird. Auch er wird lockerer. Er überlässt sich seinen Bewegungen und den Reaktionen ihres Körpers und ihrer Muskulatur. Etwas träge fragt er in die wieder beruhigte, äußerst angenehme Stille, wann sie denn gehen müsse.

„Gar nicht! Ich bleibe heute."
„Wie? Was?" Er ist plötzlich wieder hellwach und hört auf zu massieren.
„Was ist denn? Mach doch weiter! Passt dir das nicht?"
„Doch! Aber was ist denn los? Du sagtest doch, dass Günther ..."
„Heute bin ich ganz bei dir, jetzt gibt es nur dich und mich, nur uns, sonst niemanden." Und dreht sich um.
„So kann ich nicht weiter massieren."
„Doch, das kannst du. Vielleicht etwas weicher ..."
Auch Simone nimmt mit ihren Händen Besitz von Thomas und auch sie kann spüren, wie sich sein Körper entspannt, die Härte seiner Muskulatur nachlässt und sich letztlich in seiner Erregung sammelt.
Kein Zweifel, keine Ablenkung stört ihr Zusammensein, in das sich nun beide mit ihren Körpern, mit ihren Gedanken, mit ihren Gefühlen bedingungslos fallen lassen. Thomas liegt später verschwitzt neben Simone, die bäuchlings einen Arm quer über seinen Bauch streckt und ihren Kopf in seine Achselbeuge schmiegt.
Sie sagen nichts. Es gibt nichts zu sagen und sie dösen etwas ein. Nach einer Stunde, Simone hat im Halbschlaf immer noch ihren Arm auf Thomas liegen, krault sie ganz leicht seinen Bauch. Beide, noch nicht ganz wach und im Traum ihrer intensiven Begegnung verhangen, vereinigen sich noch einmal, sehr schnell, sehr intensiv und noch enger ineinander verschlungen.
„So, jetzt bin ich wach und habe Hunger", seufzt Simone wohlig.
„Das schaffen wir nie hier aufzustehen. Ich weiß gar nicht mehr, welche Arme und Beine zu mir gehören! Wie sollen

wir denn die entwirren?" und Thomas küsst noch einmal ihre Brüste.

„Das sind meine", lacht Simone, schließt noch einmal die Augen und befreit sich nach einer Weile aus dem Bett.

„Thomas, weißt du, was Glück ist?"

„Ich weiß es nicht, aber ich spüre es!" Thomas legt eine CD von Neil Young auf. „Komm, lass es uns zusammen hören":

> *I wish I was a trapper*
> *I would give thousand pelts*
> *To sleep with Pocahontas*
> *And find out how she felt*
> *In the mornin' on the fields of green*
> *In the homeland we've never seen*

Simone erzählt Thomas heute Abend nichts von ihren Plänen, und komischerweise belastet sie das nicht. Sie denkt eigentlich gar nicht daran, sie fühlt sich frei, auch befreit, weil sie endlich das getan hat, wovon sie schon lange geträumt hatte. Das war richtig und gut. Alles Weitere wird sich dann schon fügen.

18. Dezember

Am nächsten Tag könnte Thomas einfach nur dasitzen und das warme Gefühl in seinem Bauch genießen. Doch er hat zu arbeiten. Aber auch wenn er keine Lust hat, sind die Briefe und Schriftsätze leicht und schnell formuliert. Als er am Nachmittag das Wichtigste erledigt hat, würde er gerne in aller Ruhe mit Jean über den Brief an H sprechen. Aber Jean ist wieder beim Skifahren. In Kanada. Das hat er sich selbst geschenkt, für den Abschluss von Kormann & Rüders. Und so ist Thomas froh, als Manni anruft:
„Hast du heute Abend Lust zu laufen, den Main entlang bis Randersacker? Hast du Zeit? Ich muss mal wieder richtig durchschnaufen."
„Wann denkst du?"
„Am liebsten gleich. Aber das geht nicht. Schaffst du es um fünf? Am besten, wir treffen uns schon umgezogen an der Löwenbrücke."
Noch bevor sie unterging, hatte die Sonne gegen das düstere und zähe Hochnebelgrau verloren, so dass die nächtliche Dunkelheit, spärlich durch Laternen beleuchtet, nahezu befreiend wirkt. Wie so oft, wenn Thomas mit sich beschäftigt ist, muss Manni darunter leiden. Nicht, weil Thomas ihn voll schwätzt, sondern weil er dann von Anfang an so in seine Gedanken versunken ist und dabei ein derart hohes Tempo anschlägt, dass man einfach nicht mehr reden kann. Auch heute hetzen sie wieder in keuchendem Tempo den geteerten Fußweg am Main entlang. Schon nach fünfzehn Minuten unterqueren sie die Europabrücke bei der ehemaligen Carl-Diem-Halle in Richtung Randersacker. Die einzelnen Kilometerabschnitte sind markiert, und beide kennen die Markierungen auch in der Dunkelheit. Kurz vor

Randersacker zieht Manni noch einmal an: „Komm, lass uns einen Kilometer richtig reinhauen!" Er steigert noch einmal das Tempo. Thomas hat anfangs Schwierigkeiten zu folgen. Er tut es trotz der Mühe, schaut nur auf Mannis Beine in der Hoffnung, einen Rhythmus zu finden. Als er sich endlich in das Tempo und den Schmerz einfindet, verlässt er Mannis schützenden Windschatten, und sie laufen eine Minute nebeneinander, unklar, wer eigentlich das Tempo vorgibt. Nachher werden es beide jeweils dem anderen zuschreiben. Thomas' Beine brennen immer mehr, sein Körper sträubt sich, noch weiter zu laufen. Thomas weiß, dass es nur mehr eine halbe Minute dauern wird und die Nähe des Ziels beflügelt ihn trotz zunehmender Erschöpfung, das Tempo noch einmal zu steigern. Es ist wie vor zwanzig Jahren, als sie gegeneinander Mittelstreckenrennen gelaufen und dabei Freunde geworden sind. Manni scheint mühelos zu folgen. Völlig außer Atem klopft er Thomas nach diesem Kilometer auf die Schulter: „Super, Thomas, knapp drei Minuten zwanzig, ich bin völlig fertig!"
„Du?", keucht Thomas erstaunt und leicht vorwurfsvoll.
„Noch ein paar Meter, und ich hätte aufgehört", gibt Manni zu, während er in gebeugter Haltung, seine Hände auf die Knie gestützt, um Atem ringt.
„Ich hatte den Eindruck, ich müsse mehr als alles geben, damit ich nur den Hauch einer Chance hätte mitzukommen." Thomas versucht, nicht zu tief einzuatmen. Seine Bronchien brennen, so dass er immer wieder husten muss.
„Da siehst du mal wieder, wie sehr ein Eindruck trügen kann!", flachst Manni weiter schwer atmend.
Danach laufen sie wieder zurück. Manni erzählt von einem Mandanten. Thomas, noch immer angeschlagen von diesem Tempolauf, ist froh, nur zuhören zu müssen und sich lang-

sam wieder regenerieren zu können. Er hat Manni nichts von Brosinski erzählt. Wie sollte er auch? Aber er hat für ein paar Minuten dieses undurchdringliche Knäuel verlassen, in das er verstrickt scheint. Der Schmerz und die Konzentration haben seine Gedanken wieder frei gemacht und auf dem Rückweg ist dann plötzlich wieder dieser Faden da, den er schon einmal, in der Nacht mit Monika, geträumt hatte. Die Geschichte liegt wieder klar vor ihm. Nur so kann sie sein! Und sie würde nicht wieder im Traum verschwinden. Der alte Brosinski ...

Noch spät abends ruft er Peter an: „Ich komme schon morgen Abend nach Blaukirchen. Dann bin ich auf alle Fälle rechtzeitig da, wenn wir uns mit deiner Familie und Voss am Freitag um neun Uhr treffen, um die Verträge noch einmal durchzugehen. Hast du Zeit am Donnerstag auf ein Bier? Ich glaube, ich weiß, wer S und all die anderen sind. Und vor allem, wie sie zusammen hängen. Es ist eigentlich unglaublich! Aber letztlich doch ganz einfach."

21. Dezember

BLAUKIRCHENER NACHRICHTEN

Ein mysteriöser Unfall ereignete sich in der Nacht von Donnerstag auf Freitag auf der Staatsstraße zwischen Lupfingen und Blaukirchen. Ein Mercedes 180 D, Baujahr 61, kam bei dichtem Nebel und Straßenglätte von der Straße ab, überschlug sich und landete im angrenzenden Acker. Das Auto fing Feuer und brannte vollkommen aus. Die Kriminalpolizei hat keine beteiligten Personen aufspüren können. Ebenso hat sie bei den nachfolgenden Untersuchungen auch keine Bremsspuren auf der Straße ausmachen können.
Der Halter des Wagens ist der Rechtsanwalt Thomas S., ein gebürtiger Blaukirchener, der mit seiner Würzburger Kanzlei die BROSINSKI AG bei den Gesprächen mit Investoren vertritt. Er war anscheinend auf dem Weg von der Innenstadt zu dem Haus seiner Mutter im Stadtteil Lupfingen. Von ihm fehlt bislang jede Spur.

BLAUKIRCHENER NACHRICHTEN

Die BROSINSKI AG hat gestern offiziell bekannt gegeben, dass die Aktienmehrheit der Familie Brosinski an den Finanzinvestor EIT (European Investment Trust) übergegangen

ist. Die Verträge sind am Freitagnachmittag in Blaukirchen unterschrieben worden. Der Präsident des EIT-Headquarter Deutschland, Dr. Furtner, hat in einer Pressemitteilung umfangreiche Versprechungen bezüglich des Standortes Blaukirchen abgegeben.
So wird die operative Führung weiterhin in den Händen von Michael Brosinski bleiben. EIT will den Kurs des bisherigen Managements nicht verändern und so die Früchte der im letzten Jahr eingeleiteten Umstrukturierungsmaßnahmen ernten.
Die EIT hat sich klar zu ihrer Zielsetzung bekannt, die aktuellen Strukturen und damit die Arbeitsplätze zu erhalten. Es läge damit ganz allein am Geschick von Michael Brosinski und seinen Führungskräften, mit dem Überwinden der Krise die Gesundung des Betriebes wiederherzustellen. EIT hat so viel frisches Kapital in die Gesellschaft eingebracht, dass die Banken, allen voran die GERMAN PROFIT, *ihre Kreditbedingungen wieder erfüllt sehen.*
Damit ist eine Basis für eine langfristige Zusammenarbeit hergestellt und die BROSINSKI AG *kann sich auf die operative Arbeit konzentrieren, in die sich die EIT nicht einmischen will.*
Auch der Betriebsratsvorsitzende, Egon Müller, zeigte sich unserer Zeitung gegenüber beruhigt angesichts der Zusagen von Dr. Furtner. Der sichtlich zufriedene Michael Brosins-

ki erläuterte uns in groben Zügen die mittelfristige Unternehmensstrategie und kündigte schon für das nächste Jahr ein leicht positives Ergebnis an.

Bernard Straw hat Jeff Moser, André Martini und Dr. Furtner am letzten Samstag vor Weihnachten, kurz nach der Vertragsunterzeichnung, auf seine Ranch bei Toronto eingeladen.
Es ist tiefer Winter. Schon am Flughafen gestern Abend, als Furtner kurz vor zwanzig Uhr ankommt, empfängt ihn trotz der Dunkelheit das kalte Weiß mannshoher Schneemassen. Er war vorgewarnt worden, ist aber im neblig-feuchten Frankfurt bei knapp zehn Grad plus nur mit einem Anzug und einem leichten Trenchcoat bekleidet ins Flugzeug gestiegen. Die Wintersachen hat er in seinem Reisekoffer, den er nicht als Bordgepäck mitnehmen konnte. So wartet er mit den anderen Reisenden am Gepäckkarussell und schaut gelangweilt auf verschiedene Koffer, Reisetaschen und sonstiges Gepäck, darunter auch Skier, die auf dem Förderband an ihm vorbeiziehen. Bis endlich sein Koffer mit den warmen Sachen auftaucht.
Eigentlich hatte er keine Lust auf diese kurze Reise gehabt. Vielmehr hatte er dieses Wochenende um zwei Tage verlängern wollen, um zusammen mit seiner Frau Hannelore, seiner Tochter und deren Freund Ski zu laufen. Seit Wochen war alles gebucht, und er hatte sich schon auf das kleine, ruhige Hotel gefreut, wo er vielleicht mal wieder eine Nacht durchschlafen könnte. Er hatte sich vorgenommen, mit Hannelore über die BROSINSKI AG zu sprechen. Und vor allem über seine Mitschuld am Schicksal von Schöngeist. Furtner war unzufrieden mit sich, er hätte nicht mit Adler in

Kontakt treten dürfen. Lächerlich, ihn, den er nur aus dieser Münchner Besprechung kennt, mit diesen leicht zu durchschauenden Andeutungen um die Lösung des Problems Schöngeist zu bitten. Er hört, noch nach über einer Woche, Adlers höhnisches Lachen im Ohr: „Ach, Sie?! Warum rufen Sie denn noch einmal an?" Ganz hat Furtner nicht verstanden: „Wieso, ich habe doch noch nicht angerufen?"

„Nein, angerufen haben Sie nicht. Das stimmt", und dann wieder dieses zynische Lachen, als er den Hörer auflegt. Auf was hat er sich da nur eingelassen? Er hadert immer wieder mit sich. Es hätte doch genügt, Schöngeist nur für das Wochenende außer Gefecht zu setzen.

Er nimmt seinen Koffer und ist froh, dass er am rent-a-car-Schalter alleine ist und gleich den Schlüssel für den Wagen bekommt. Aus seinem Koffer zieht er die dicke Daunenjacke und warm verpackt holt er das Auto ab. Die Nacht ist klar, als er das Flughafengelände verlässt und er sieht einen funkelnden Sternenhimmel. Es ist wenig Verkehr, so dass er schon nach zwanzig Minuten sein Hotel erreicht. Im Zimmer stellt er nur kurz seinen Koffer ab, geht gleich in das Hotel-Restaurant, telefoniert noch vor dem Essen mit Hannelore und geht nach einem klassischen T-Bone-Steak früh ins Bett. Moser hatte ihn für heute Abend einladen wollen, darauf hatte er aber keine Lust gehabt. Er hatte auch keine Lust auf dieses Wochenende in Ontario. Und er hatte keine Lust auf seinen Job. Ihn quälte das Gefühl, diesmal zu weit gegangen zu sein.

Am nächsten Morgen. Es ist Samstag und auch in der Morgendämmerung ist es noch ruhig auf den Straßen. Er freut sich auf die gut zweistündige Autofahrt in Richtung Norden. Im fahlen Winterlicht sieht er heute die Schneemassen über den endlosen, kalten Weiten, ab und zu von

kleinen Baumgruppen unterbrochen, die in der tief stehenden Sonne endlos lange Schatten werfen.
Fast hätte er den Abzweig verpasst. Von der großen Straße aus war auch kein Anwesen zu erkennen. Die kleine Straße ist eng und auf beiden Seiten von einer hohen Schneemauer gesäumt, glücklicherweise aber geräumt und gesplittet. Nach fünf Minuten fährt er auf das Anwesen zu, das idyllisch inmitten mehrerer weitläufiger Pferdekoppeln liegt. Die Fichten vor dem Haus sind ebenso wie die windbetriebene Wasserpumpe dick mit Schnee bedeckt. Bernard Straw steht im Hauseingang und winkt ihm zu: „Willkommen! Moser und Martini sind auch gerade eben gekommen."
Im Haus ist ein gemütliches Kaminfeuer angefacht, Martini und Moser stehen locker plaudernd davor.
„Ich würde vorschlagen, wir reiten etwas aus. Great fun bei diesem Schnee. Wer noch clothes braucht, ich habe enough neben dem Reitstall. Robert, mein house man, hat die horses schon gezäumt."
Es ist nicht zu überhören, dass Straw aus Österreich stammt. Er war im Alter von sechs Jahren, nicht lange nach dem Krieg, mit seinen Eltern, sie hießen damals noch Strawinski, nach Kanada emigriert.
Drei Stunden später reitet die Gruppe wieder auf das so heimelig wirkende Ensemble der Ranch zurück. Aus dem Wohnhaus steigt weißer Rauch kerzengerade auf. Alle sind durchgefroren und gleichzeitig verschwitzt. Die Gesichter glühen, als hätten sie wie Schüler gerade eine Schneeballschlacht gemacht. Am Stall angekommen, nimmt Robert, der eigentliche Herr im Haus, die Pferde in Empfang. Im Wohnhaus empfängt sie Roberts Frau mit heißem Grog. Aber nicht mit Rum, sondern mit viel Whiskey und wenig Wasser zubereitet. Im Kamin steht jetzt ein Grillrost von rie-

sigen Ausmaßen. Links daneben tellergroße Steaks, rechts einige Flaschen Rotwein. Der große Tisch in der Mitte des Raumes ist einladend, aber nicht zu fein gedeckt.

„Robert wird in einer halben Stunde, wenn die horses fertig sind, kommen und das Fleisch auflegen. Wollen die Herren noch einen drink before?"

Dr. Furtner hat, ebenso wie Martini, Bernard Straw vorher noch nie gesehen und lässt sich nach seiner anfänglichen Distanziertheit von der zwanglosen und lockeren Aura, die ihn umgibt, gerne einfangen. Er hat das Gefühl, einfach dazu zu gehören, ohne sich produzieren zu müssen, was Furtner mehr als recht ist. Insgeheim schmunzelt er ein wenig, denn er spürt, wie Martini, der sich immer darstellen muss, in diesem Rahmen keine Gelegenheit dazu bekommt. Vielleicht war es doch gut, dass er hierher gekommen ist.

Erst nach dem Essen – zum Fleisch, das ganz hervorragend schmeckte, gab es kaum Beilagen, dafür aber einige Gläser Wein – erst als sich langsam eine wohlige Müdigkeit im Raum zu verbreiten beginnt – erst da fängt Bernard Straw, weiterhin ganz informell, mit dem eher offiziellen Teil an: „Ja, meine Herren, ich möchte Ihnen sagen thank you. Sie haben gemacht eine super job! It's a pity mit Claus Brosinski, aber he never hätte verkauft seine Firma. Und wir haben jetzt einen important strategic point in Europa. Und das weitaus billiger als ich mir je hätte träumen wagen. The staff is satisfied, und auch dieser Egon Müller von der workers' union ist zufrieden. Michael ist zufrieden. Wir geben ihm ein Jahr, dann wird's Zeit für Jeff oder André, die Zügel an erster Stelle in die Hand zu nehmen. Schade um Claus, er ist ein great businessman.

Dear friends, ich bin mude und gehe etwas schlafen. Sie können noch bleiben, so lange Sie wollen, Martha und

Robert sind für Sie da, wenn Sie noch was wünschen. Auf Wiedersehen." Straw hebt zum Abschied beide Hände und verschwindet.

Furtner ist beeindruckt. So was hat er noch nie erlebt. Er hat schon oft von Straw reden hören. Unterschiedlichste Meinungen über eine Person, die nicht recht in ein Klischee passen will. Aber der Auftritt war Klasse. Er hat den Eindruck, zu einem kleinen, elitären Zirkel zu gehören, dessen Zutritt hart erarbeitet werden muss.

Auf der Rückfahrt ist er nicht nur wegen des Weins beschwingt und froh, dass er trotz allen Widerwillens hierher gekommen ist. Seine Maschine geht abends um zehn Uhr, und morgen Mittag, am Sonntag, wird er wieder in Frankfurt sein. Er telefoniert mit Hannelore und überredet sie, gleich nach der Ankunft mit ihm in ein schönes italienisches Restaurant essen zu gehen. Er freut sich schon darauf, ihr von Bernard Straw zu erzählen und von seinem Aufstieg in die erste Liga.

22. Dezember

Nur einen Tag später in München. Die Atmosphäre in dem hochklassigen Speiselokal ist unauffällig gediegen. Zwei gut gekleidete ältere Herren kommen würdevoll, aber heiter und beschwingt, und nicht mehr ganz leichtfüßig zu dem Tisch, der für sie reserviert ist. Ein Ober schiebt ihnen die Stühle zurecht und fragt respektvoll, aber nicht zu servil, ob er mit der Speisekarte schon einen Aperitif bringen darf.

„Na, Hegemann, den dürfen wir uns doch heute gönnen. So einen Wodka wie damals kriegen wir zwar nie wieder, aber wir probieren es mal."

„Prost Brosinski. Und, zufrieden?"

„Was heißt schon zufrieden? Als wir den Partisanenüberfall damals im August 42 kurz vor Charkov abwehren konnten, waren wir auch zufrieden. Aber ich war nicht glücklich, schließlich mussten wir sechs Kameraden begraben. Wir hatten gewonnen, aber doch war ein Teil von uns verloren."

„Und zum Schluss haben wir überhaupt verloren."

„Werden Sie jetzt nicht sentimental, Hegemann. Heute stoßen wir auf meinen, auf unseren letzten Sieg an. Der ging auch nicht ohne Verluste durch, aber bis auf den Schöngeist sind ja alle unbeschadet davongekommen."

„Und wie sieht es Ihr Sohn?" fragt Hegemann.

„Michael ist mit seinem Los zufrieden, ja, er wirkt fast glücklich. Er ist weiter Vorstand. Er fühlt sich rehabilitiert, kein Wort mehr von den Fehlern. Thema in Blaukirchen und im Betrieb ist die GERMAN PROFIT, die den ganzen Schlamassel verursacht hat. Ich glaube, ihm hätte ich keinen größeren Gefallen tun können. Er wird sich dort vielleicht nicht lange halten können, aber dann habe ich damit nichts mehr

zu tun. Und mehr konnte ich auch nicht tun." Brosinski lehnt sich zurück und nippt an dem Wodka.
„Und Sündenbock ist wahrscheinlich mein braver Dr. Silbereisen?" fragt Hegemann.
Der elegant gekleidete Ober reicht die Speisekarte, versäumt aber nicht, gleich die Empfehlung des Hauses anzusprechen: „Wir haben frisches Kräuterlamm aus dem Oberland, dazu empfehlen wir einen Inferno aus dem Valtellina, Jahrgang 98."
Dr. Ralf Hegemann schaut fragend Claus Brosinski an, der zum Ober zustimmend nickt und erwidert: „Ja, Silbereisen scheint der böse Mann in diesem Spiel. Sagen Sie ihm bei Gelegenheit, dass er seine Arbeit gut gemacht hat. Aber er bekommt ja einen netten Anteil von der ganzen Transaktion."
„Brosinski, nun mal raus mit der Sprache, wie viel haben Sie denn mit der ganzen Geschichte noch einmal rausgeholt?"
„Es ist schwer zu sagen." Brosinskis Blick scheint plötzlich weit weg. „Das Wichtigste ist, dass ich nicht alles verloren habe."
Hegemann insistiert weiter: „Das müssen Sie schon noch genauer erklären."
„Wir konnten schon seit längerem nicht mehr so kostengünstig produzieren wie die Chinesen, aber auch keine höheren Preise durchsetzen. So haben wir bei einigen Aufträgen fast draufzahlen müssen. Das konnten wir kaschieren, so lange der Umsatz stieg und wir lukrative Akquisitionen vermelden konnten. Mir blutete immer das Herz, weil ich wusste, dass wir diese Projekte zum Überleben brauchen, sie uns aber gleichzeitig die Luft zum Atmen nehmen würden. In meinem letzten Jahr war der Betrieb mit weit über fünfzig Euro pro Aktie nicht nur stark überbewertet, ich hatte auch Angst vor einer Insolvenz."

„Wäre es nicht besser gewesen, rechtzeitig gesund zu schrumpfen?" Hegemann klingt fast mahnend, es fehlt nur noch der erhobene Zeigefinger.
„Das hätte eine fatale Kettenreaktion ausgelöst und meiner Ansicht nach einen steilen Absturz bedeutet."
„Schlimmer als das, was letztes Jahr passiert ist?"
„Viel schlimmer. Wenn ich kapituliert hätte, wäre alles wie ein Kartenhaus zusammengebrochen. Selbst Sie hätten nicht mehr zu mir halten dürfen, damals waren Sie ja noch dran. Zuerst habe ich versucht, die Situation mit Kostensenkungsmaßnahmen zu verbessern und habe gehofft, dass unsere Qualität höhere Preise rechtfertigen würde. Das traurige Resultat kennen Sie ja. Doch meine Maßnahmen waren zu harmlos. Ich hätte drei Zweigwerke schließen müssen. Aber ich hatte dazu nicht mehr die Kraft, nachdem ich meine Energie darauf verwandt hatte, diese eigentlich aufzubauen. Wir hätten zudem groß investieren müssen, dazu fehlte aber das Geld!"
„Brosinski, Respekt, ich habe Ihnen und dem Unternehmen nie was angesehen." Hegemanns Bewunderung ist ehrlich.
Das Lamm duftet herrlich, und die beiden wissen es zu genießen, Brosinski fährt nach den ersten Bissen fort:
„Hegemann, Sie wissen doch: alte Schule. Ich schätze mal, dass der Kurs der Aktie ziemlich schnell von fünfzig auf unter zehn gestürzt wäre und dabei die Insolvenz gedroht hätte. Und im letzten Jahr, als noch die ganzen hausgemachten Probleme hinzukamen, da wäre nicht viel übrig geblieben. So haben wir jetzt zwanzig Euro pro Aktie für unser Paket erlöst und immer noch einen Anteil von zehn Prozent an der Firma, die mit dem frischen Eigenkapital der EIT erheblich gestärkt ist. Da fallen die acht Millionen, die Straw über Silbereisen an uns gezahlt hat, schon kaum mehr

ins Gewicht. Also haben wir um einiges mehr erlöst als wenn ich die Karten schon vor zwei Jahren auf den Tisch gelegt hätte. Und vor allem, was das Wichtigste ist: Die Firma steht wieder da wie eine Eins und ich kann mich endlich beruhigt aufs Altenteil begeben. Ich weiß nicht, ob ich die Häme und die Schande überstanden hätte, wenn ich hilflos und ohne Gestaltungsmöglichkeiten hätte verkaufen müssen, oder wenn es in meinen letzten Jahren überhaupt zu Ende gegangen wäre."

Dr. Hegemann kaut das letzte Stück des Bratens, schließt beim Schlucken kurz die Augen, spült noch einmal mit dem Inferno nach und zwinkert anerkennend seinem alten Freund zu: „Die Idee mit dem PRIME FUND war ein Meisterstück, Brosinski!"

„Was blieb uns anderes übrig? Und Sie, Hegemann, und Ihr Silbereisen waren die ausführenden Meister, sonst hätte das nie funktioniert. Es ist ein gutes Gefühl, dass wir einen Tick schlauer waren als Straw und die anderen und dass wir mehr herausgeholt haben als man jemals erwarten konnte."

Hegemann ist noch nicht ganz zufrieden: „Aber Brosinski, warum haben Sie das ganze Theater nicht schon vor zwei Jahren veranstaltet?"

„Aber Hegemann, das fragen Sie? Erstens dachte ich, dass sich die Situation noch mal bessern würde, zweitens, wer hätte mir helfen sollen? Sie zum Beispiel waren doch noch im Dienst der GERMAN PROFIT. Gute Pläne brauchen zur Umsetzung auch gute Mitspieler. Ohne Sie und Silbereisen wäre es nicht möglich gewesen. Außerdem hätte mir damals, als ich noch aktiv war, keiner die Story abgenommen. Damals hätte man gesagt, dass es dem Betrieb wirklich schlecht gehen müsse, heute wurde die Schuld bei meinem Sohn und

anderen Umständen gesucht, nicht aber so sehr im Betrieb selbst." Brosinskis Blick verliert sich wieder in der Weite des Raumes. „Ja, es ist schade um Michael, aber letztlich profitiert auch er und fühlt sich mit dieser Lösung wieder gut."
Hegemann will Brosinski noch einmal ablenken:
„Und das beste ist, dass Straw meint, er habe den Superdeal gemacht! Der Inferno schmeckt übrigens hervorragend. Waren Sie schon mal dort am Comer See?" fragt Hegemann. „Ich glaube, das tiefste Binnengewässer in Europa."
„Hegemann, stille Wasser gründen tief. Das wissen wir doch! Erinnern Sie sich noch an Maria?"
„Das fragen Sie! Diese Wochen damals im Sommer 42 in München, kurz bevor wir in die Ukraine mussten, gehören zu meinen schönsten im Leben. Auch wenn ich bei Maria nie eine Chance hatte gegen Sie. Sagen Sie mal, Brosinski, das wollte ich schon lange mal fragen. Haben Sie mit ihr …?"
„Na, Hegemann, was sollte ich mit ihr? Ich hab sie nie wieder gesehen, aber auch nie vergessen." Die Zunge von Brosinski ist schon etwas schwer, doch er klingt ganz aufgekratzt. „Ich habe sie geliebt!"
Doch dann lenkt Brosinski gleich wieder ab. „Das Lamm schmeckte übrigens hervorragend! Wir brauchen noch eine zweite Flasche!"
„Brosinski, ich habe noch eine Nachricht, für mich ist es eine gute. Der Schöngeist hat es auch überlebt. Und es ist schon fast ein Treppenwitz, dass er bei dieser Monika …"
„Verschonen Sie mich mit Einzelheiten. Stoßen wir darauf an, dass wohl ein Opfer weniger zu beklagen ist."
„Brosinski, wollen Sie nicht wissen, wer Schöngeist …"
„Nein, Hegemann, davon weiß ich nichts und will auch nichts wissen. Wer eine Schlacht gewinnen will, muss bereit

für Opfer sein. Wenn es dann ohne abgeht, ist es noch besser. Aber ich will's gar nicht wissen. Es ändert jetzt nichts mehr ..."

ENDE

BETEILIGTE PERSONEN

Thomas Schöngeist
Hoffnungsloser Romantiker, betreibt mit seinem Freund Jean Meyer eine Rechtsanwaltskanzlei in Würzburg und schlittert rein zufällig in diesen Wirtschaftskrimi

Jean Meyer
Sozius und Freund von Thomas Schöngeist, verheiratet, drei Kinder

Monika Gross
Geheimnisvolle Briefeschreiberin, Ärztin, nicht verheiratet, lernt Schöngeist im Zug auf einer Dienstfahrt kennen und will mehr von ihm

Peter Schneider
Schwiegersohn von Claus Brosinski, hat nichts zu melden, kennt aber viele Interna der „Familie", verheiratet mit Helma Schneider, geb. Brosinski

Simone Rothe
Dipl.-Psychologin, ebenfalls verheiratet, aber nicht mit Schöngeist, der seit einigen Monaten unsterblich in sie verliebt ist

Harry
Bekannter von Simone

Professor Voss
Aufsichtsratschef der BROSINSKI AG, ein älterer, freundlicher Herr, hegt große Sympathien für Schöngeist

Karin
Assistentin von Thomas Schöngeist

André Martini
Jung-dynamischer Bereichsdirektor in der BROSINSKI AG, vor allem an seinem persönlichen Fortkommen interessiert, würde dafür über Leichen gehen, erhält viel Geld von der EIT

Matthias Adler
Älterer Manager bei Brosinski, für das Auslandsgeschäft zuständig, eher der Mann fürs Grobe, beruflich in einer Sackgasse

Fritz Sachs
Ehemaliger Manager in der BROSINSKI AG, hadert mit dem Geld, das er von der EIT bekommt

Bernard Straw
Oberster Boss der GLOBAL ELECTRIC mit Hauptsitz in Toronto

Jeff Moser
Einflussreicher Manager im amerikanischen Konzern GLOBAL ELECTRIC und rechte Hand von Bernard Straw, zunächst wichtigster Drahtzieher für die EIT im Wettstreit um die BROSINSKI AG

Claus Brosinski
Seniorchef und Gründer der BROSINSKI AG, wirkt in der Krise alt, müde und zahnlos

Michael Brosinski
Sein Sohn, der vor einem Jahr das Ruder in der BROSINSKI AG übernommen hat, muss die Krise der BROSINSKI AG verantworten, verheiratet mit Heike

Dr. Silbereisen
Wichtiger Banker von der GERMAN PROFIT, der als Hardliner die Brosinskis zwingen will, ihre Anteile an den Finanzinvestor Prime Fund abzugeben

Manni Bester
(Lauf-) Freund von Thomas Schöngeist, Steuerberater in Würzburg

Dr. Furtner
Generalrepräsentant des amerikanischen Finanzinvestors EIT (European Industry Trust) und somit Konkurrent des Prime Fund

Dr. Hegemann
Alter Freund und Weggefährte von Claus Brosinski, ehemaliger Vorstand der GERMAN PROFIT, der ebenso wie sein Freund die Fäden noch in der Hand hat

Einige weitere Bücher, die Ihnen gefallen könnten

Alban Nikolai Herbst
Meere. Roman
Der wuchtige Erzähler, der mit „Wolpertinger oder Das Blau" und durch seine Anderswelt-Trilogie berühmt wurde, läßt einmal mehr das Meer aufbrausen, und eine der gewaltigsten Liebesgeschichten entfaltet sich, die von einer Geschichte der bildenden Kunst in Deutschland seit Kriegsende und einer geschichtsträchtigen Familienchronik hinterfüttert ist. – 208 ergreifende Seiten für 20 Euro, zu erwerben unter der ISBN 978-3-86638-004-2.

Meinrad Braun
Winterreise. Roman
Wir schreiben das Jahr 1953. Der Pathologe August Brenner sieht nach fünfzehn Jahren seinen emigrierten Schulfreund Heinrich wieder: Dessen Leichnam liegt vor ihm auf dem Sektionstisch. – In seinem Debüt-Roman Winterreise rollt Meinrad Braun ein Road-Movie aus, das in fabulierlustigster Romantradition von eingebetteten Episoden lebt und einen delikaten Nachkriegskrimi darstellt. – 19 Euro für 210 Seiten unter der ISBN 978-3-933974-59-4.

Kornelia Boje
Ullas Erwachen. Roman
Ganz entschieden kein gewöhnlicher Krimi, aber ganz bestimmt einer der subtilsten Romane über ein Verbrechen, das dem Leser erst allmählich zwischen zwei Erzähl-Ebenen sichtbar wird: Als die Titelheldin Ulla erwacht, findet sie sich geschändet in einem Verschlag wieder – und das Verbrechen an ihr läßt weitere, ältere Dämonen frei. Ein

Familiendrama bricht auf und setzt sich in einem fragilen literarischen Puzzle zusammen, derweil eine Tochter und ihre Mutter ein Verbrechen rekonstruieren. – Unter der ISBN 978-3-933974-74-7 erschienen, für 20 Euro als schönes Hardcover mit 160 Seiten zu erhalten.

Ewart Reder
Ein und Aus. Erzählungen
Der als Lyriker bekannte Ewart Reder hat in 19 Erzählungen die Quasi-Heldentaten zweier Generationen parallelgeführt: Die heute 20jährigen messen sich mit ihren Abenteuern und Mutproben an den Aufmüpfigkeiten der heute 55jährigen, also ihrer Eltern – man darf wetten, daß keine der beiden Parteien gewinnen wird, nicht bei Reder. Man muß als Leser das tun, was seine Fast-Helden tun: muß sich einlassen auf diesen Tanz der Halbstarken und Viertelschwachen. – 19 Euro für 19 Erzählungen, 184 Seiten im Hardcover mit Lesebändchen, um den Überblick nicht zu verlieren zwischen den gebotenen Eskapaden, die man erhalten kann unter der ISBN 978-3-933974-75-4.

All das und rund 300 Bücher
von uns mehr in Ihrer Buchhandlung oder auch bei uns im

axel dielmann – verlag
www.dielmann-verlag.de
unter neugier@dielmann-verlag.de
oder in der Schweizer Straße 21
in 60594 Frankfurt am Main
Telefon 069 / 94359000

Bleiben Sie neugierig,
Ihr Axel Dielmann